KB099112

사상의 꽃들 9

반경환 명시감상 13

사상의 꽃들 9

반경환 명시감상 13

지혜

시인은 꽃을 가져오는 사람이고, 철학자는 사상(정수精髓)을 가져오는 사람이다. 쇼펜하우어는 시와 철학의 상관관계를 매우 정확하게 알고 있었던 세계적인 사상가였다.

시인의 세계는 상상력의 세계이며, 그가 펼쳐 보이는 세계는 아름답고, 신비로우며, 환상적이다. 여기가 아닌 다른 곳, 그 다른 세계로 우리 인간들을 인도하며, 그의 시세계는 활짝 핀 꽃과도 같은 아름다움을 가져다가 준다.

어떤 시인은 살아 있어도 이미 죽은 것이지만, 어떤 시인은 이미 죽었어도 영원히 살아 있는 것이다.

사상은 시의 씨앗이고, 시는 사상의 꽃이다.

이 사상과 시가 있기 때문에 우리 인간들의 삶은 아름답고 행복한 것이다.

『사상의 꽃들』1, 2, 3, 4, 5, 6, 7, 8권에 이어서『사상의 꽃들』9권을 탄생시켜준 반칠환 박준 유계자 김늘 김혁분 박방희 조순희 조옥엽 권예자 이주남 정재규 김진열 송찬호 장인무 김순일 최서림 오현정 박금선 신혜진 김종삼 전민호 이복규 최혜옥 정호승 이순희 황인찬 최병근 홍문식 신용목 기혁 김미연 권혁재 김영수 송유미 이현채 김광섭 박주용 김혜영 서정란 김도우 조재형 이문재 황지우 박언숙 김기택 이선희 김정원 박은주 이수 이은희 남상진 안지순 정해영 어향숙 공광규 채만희 한현수 유홍준 이향아 유채은 최승자 홍명희 등 62명의 시인들과 그동안 『반경환 명시감상』을 너무나도 뜨거운 마음으로 사랑해준 독자 여러분들에게 진심으로 감사를 드린다.

좀 더 정확하게 말한다면, 독자 여러분들은 이 책의 저자였고, 나는 독자 여러분들의 시심詩心을 받아 적은 필자에 불과했다.

나는 이 『사상의 꽃들』 9권을 쓰면서, 너무나도 행복했고, 또, 행복했었다.

2021년 봄, '애지愛知의 숲'을 거닐면서…….

차례

3부

반칠환 박　준
유계자 김　늘
김혁분 박방희
조순희 조옥엽
권예자 이주남
정재규 김진열
송찬호 장인무
김순일 최서림

반칠환
전쟁광 보호구역

전쟁광 보호구역이 하나 있었으면 좋겠다
하루 종일 전쟁놀음에 미쳐 진흙으로 대포를 만들고
도토리로 대포알을 만드는 전쟁광들이 사는 마을
줄줄이 새끼줄에 묶인 흙인형 포로들을
자동콩소총으로 쏘아 진흙밭에 빠트리면 무참히 녹
아 사라지고
다시 그 흙으로 빚은 전투기들이
우타타타 해바라기씨 폭탄을 투하하고
민들레, 박주가리 낙하산 부대를 침투시키면 온 마
을이
어쩔 수 없이 노랗게 꽃 피는 전쟁터
논두렁 밭두렁마다 줄맞춰 매설한 콩깍지 지뢰들이
픽픽 터지고
철모르는 아이들이 콩알을 줍다가 미끄러지는 곳
아서라, 맨발로 달려간 할미꽃들이 백기를 들면

흐뭇한 얼굴로 흙전차를 타고 시가행진을 하는
무서운 전쟁광들이 서너 너댓 명 사는,
작은 전쟁광 보호구역이 하나쯤 있었으면 좋겠다

삶의 시작은 일의 시작이고, 일의 시작은 놀이의 시작이다. 일과 놀이에 의해서 삶의 꽃이 피고, 삶의 열매가 주렁주렁 열린다. 일과 놀이는 둘이 아닌 하나이다. 일은 가장 기본적인 밥벌이의 수단이고, 놀이는 이 밥벌이가 끝나면 삶을 향유하는 수단이라고 할 수가 있다. 하지만, 그러나 이처럼 일과 놀이가 분리되어 있는 것 같지만, 그러나 일의 만족도에 따라서 자기 자신의 일 자체가 놀이가 되고, 이 놀이 자체가 일이 되는 사람들도 있다. 그 대표적인 사람들이 자유로운 직업의 사람들로는 예술가들과 운동선수들을 손꼽을 수 있겠지만, 그러나 이밖에도 전문직종의 사람들은 자기 자신의 일 자체를 놀이처럼 향유하고 있는 것이다.

반칠환 시인의 「전쟁광 보호구역」은 놀이문화를 극찬한 시이며, 전쟁놀이 자체가 자연스러운 삶이 되는 이상세계를 노래한 시라고 할 수가 있다. 전쟁이 서로가 서로를 적대시 하며, 무자비한 침략과 살생과 약탈을 하는 야만적인 수단이라면, 반칠환 시인의 「전쟁광 보호구역」은 전쟁 자체가 자연스러운 놀이가 되고, 이 자연스러운 놀이가 삶이 되는 그런 평화의 세계를 노래한 시라고 할 수가 있다. 하루 종일 전쟁놀음에 미쳐 진흙으로 대포를 만들고, 도토리로 대포알을 만드는 전쟁광들이 사는 마을이 바로 그것을 말해준다. 전쟁포로들은 흙인형 포로들에 불과하고, 이 흙인형 포로들을 "자동콩소총으로 쏘아 진흙밭에 빠트리면 무참히 녹아 사라지고/ 다시 그 흙으로 빚은 전투기들이/ 우타타타 해바라기씨 폭탄을 투하하고/ 민들레, 박주가리 낙하산 부대를 침투시키면 온 마을이/ 어쩔 수 없이 노랗게 꽃 피는 전쟁터"가 된다. "논두렁 밭두렁마다 줄맞춰 매설한 콩깍지 지뢰들이 픽픽 터지고/ 철모르는 아이들이 콩알을 줍다가 미끄러지는 곳/ 아서라, 맨발로 달려간 할미꽃들이 백기를 들면/ 흐뭇한 얼굴로 흙전차를 타고 시가행진을 하는/ 무서운 전쟁광들이 서너 너댓 명 사는/ 작은 전쟁광 보호구역이 하나쯤 있었으면 좋겠다." 그렇다. 무서운 전쟁광은 천진난만한 자연의 학교의 주인공이 되고, 진흙은 대포가 되고,

도토리는 대포알이 된다. 흙인형은 포로가 되고, 콩은 자동콩소총이 되고, 해바라기씨는 폭탄이 된다. 민들레, 박주가리는 낙하산 부대가 되고, 온마을은 노랗게 꽃 피는 전쟁터가 되고, "철모르는 아이들이 콩알을 줍다가 미끄러지"면 "맨발로 달려간 할미꽃들이 백기를" 들고 투항을 한다.

반칠환 시인의 「전쟁광 보호구역」은 자유연상에 의한 자유로운 기술인 것 같으면서도 주제와 구성과 그 이야기가 꼭 짜인 최고급의 인식의 제전의 승리라고 할 수가 있다. 전쟁광이란 무시무시한 말마저도 희극적으로 변용시키고, 그리고, 한 걸음 더 나아가, 이 전쟁광이란 용어를 어린 소년들의 동화적 용어로 변용시켜서 자연의 삶을 옹호하고 찬양한 것이 최고급의 인식의 제전의 승리라고 할 수가 있는 것이다. '낯설게 하기', 즉, 일상적 언어에 조직적 폭력을 가하는 것이 모든 전위주의자들의 상투적인 수법이라면, 반칠환 시인은 오히려, 거꾸로 일상적인 언어를 순치시켜 그 의미를 새롭게 하고, 대부분의 사람들이 전혀 모르거나 묵살한 어떤 것들을 찾아내 그것들에게 새로운 의미를 부여한다. 반칠환 시인의 「전쟁광 보호구역」이 아니라면

이 세상, 어느 곳에, 전쟁광들이 이처럼 아름답고 행복하게 사는 곳이 있단 말인가?

　세계의 위대함의 뿌리는 일과 놀이(유희)에 있는 것이다. 일은 전쟁이 되고, 전쟁은 평화가 된다. 일과 놀이(전쟁), 이 대립과 긴장 속에서 고급문화의 싹이 튼다. 자연의 학교, 자연의 국가, 자연의 정부, 자연의 법원, 사치와 낭비가 없는 삶, 인색과 축재가 없는 삶, 무위가 아닌 놀이의 삶─, 요컨대 어떠한 일을 하고, 어떻게 이 놀이문화를 창출해낼 것인가는 우리 인간들의 영원한 과제라고 할 수가 있다.

박　준
장마

　　— 태백에서 보낸 편지

그곳의 아이들은
한 번 울기 시작하면

제 몸통보다 더 큰
울음을 낸다고 했습니다

사내들은
아침부터 취해 있고

평상과 학교와
공장과 광장에도
빛이 내려

이어진 길마다
검다고도 했습니다

내가 처음 적은 답장에는
갱도에서 죽은 광부들의
이야기가 적혀 있었습니다

그들은 주로
질식사나 아사가 아니라
터져 나온 수맥에 익사를 합니다

하지만 나는 곧
그 종이를 구겨버리고는

이 글이 당신에게 닿을 때쯤이면
우리가 함께 장마를 볼 수도 있겠습니다, 라고
시작하는 편지를 새로 적었습니다

시는 한 사람의 가난을 구제할 수도 없고, 그 어떠한 사람의 불행을 막아줄 수도 없는 언어 예술일는지도 모른다. 하지만, 그러나 이 시적 실천이 이 세상의 가난과 불행을 추문으로 만들고, 그 어떠한 사회적 실천보다도 더 크고 거대한 구원의 힘으로 작용할 수도 있을 것이다. "죽는 날까지 하늘을 우러러/ 한점 부끄러움이 없기를/ 잎새에 이는 바람에도/ 나는 괴로워했다"(「서시」)라는 윤동주, "죄를 품고 식은 침상에서 잤다. 확실한 내 꿈에 나는 결석하였고, 의족義足을 담은 군용장화가 내 꿈의 백지를 더럽혀 놓았다"(「오감도烏瞰圖―詩第十五號」)의 이상, "혁명은 안 되고 나는 방만 바꾸어 버렸다/ 그 방의 벽에는 싸우라 싸우라 싸우라는 말이/ 헛소리처럼 아직도 어둠을 지키고 있을 것이다"(「그 방을 생각하며」)의 김수영, "아버지, 아버지…… 씹새끼, 너는 입이 열이라도 말 못해/ 그해 가을, 假面 뒤의 얼굴은 假面이었다"(「그해 가을」)의 이성복, "아버님, 제발 썩으세요, 왜 生時의 그 눈썹으로 살아 있는 저희를 노려보십니까?"(「천사들의 계절」)의 황지우 등의 시들이 그것을 증명해준다.

시인의 언어는 눈물이 되고, 이 눈물이 칼과 정보다도 더 크나큰 힘으로 바위를 뚫게 된다. 언어는 장마(폭포)다. 언어의 장마는 어떤 사건과 정황을 꿰뚫어보고, 그것의 문제점과 모순을 전복시키는 인식의 힘에 의해서 그 동력을 얻게 된다. 박준 시인의 「장마 —태백에서 보낸 편지」는 언어의 장마(폭포)이며, 이 장마의 기원에는 태백 사람들의 한이 꿈틀거린다. 태백은 탄광촌이며, 이 세상의 삶에서 더 이상 꿈을 잃어버린 막장 사람들이 모여 사는 곳을 말한다. 평상과 학교와 광장에는 빛이 내리지만, 그러나 그 모든 길이 검다는 것, 갱도에서 죽은 광부들은 질식사나 아사가 아니라 터져나온 수맥에서 익사를 했다는 것은 그들의 삶 자체가 장마와도 같았다는 것을 뜻한다. 가난의 장마, 진폐증의 장마, 슬픔의 장마는 예정되어 있었던 것이고, 따라서 그곳의 아이들은 한 번 울기 시작하면 제 몸통보다도 더 큰 울음을 울게 되는 것이다. 눈물과 눈물이 모이면

샘물의 발원지가 되고, 샘물과 샘물이 모이면 시냇물이 되고, 시냇물과 시냇물이 모이면 강물이 된다. 하지만, 그러나, 가난과 진폐증과 슬픔의 강도가 심화되면 술 취한 광부들의 발광처럼 천둥과 번개가 치고, 온 천지를 집어삼킬 듯한 장맛비가 쏟아진다.

천둥과 번개도 깜짝 놀랄만큼의 가난과 진폐증과 슬픔의 대물림이 "제 몸통보다 더 큰/ 울음"의 기원이 되고, 이 시(편지)가 당신에게 닿을 때쯤이면 "우리가 함께 장마를 볼 수도" 있겠다는 것이다.

장마, 태백의 광부와 태백 사람들의 슬픔이 장마가 되고, 더 이상 그들의 삶을 방치하면 한국 사회 전체가 장마에 휩쓸리게 될 것이라는 경고가 박준 시인의 시에는 담겨 있는 것이다.

장마다, 장마다. 제 몸통보다 더 큰 울음의 장마다!!

직관의 천재, 은유의 천재, 상징의 천재―, 이 천재의 힘이 천둥과 번개를 동반한 언어의 장마를 쏟아붓고 있는 것이다.

유계자
오래오래오래

모래밭에 구령을 맞추는 갯메꽃이 있지
바다를 향해 쨍쨍하게 나팔 하나씩 빼어 물면

자갈자갈 거품 문 게들이 발바닥에 짠 내음을 불러
들이지
먼 바다에서 아직 돌아오지 않는 안부를
뱃길 따라갔던 갈매기들이 가끔 물고 오지

외할머니가 가르쳐 준대로
갯메꽃 입술 가까이 대고 따개비 같은 주문을 외워

오래오래오래

숨 한번 크게 들이쉬고 중얼거리면
메꽃 속에서 긴 밧줄을 타고 꽃씨 닮은 개미들이 줄

줄이 기어 나오지

　하나 둘 개미를 세며 기다려 줘야 해
　외삼촌을 기다리는 외할머니 앞에선

　그러는 동안 밀물이 찰싹찰싹 발등을 간질이지
　눈물 비린내 묻은

　오늘도 남은 사람들은 혼자 갯메꽃 주문을 외우며
　물수제비를 던지지
　퐁퐁퐁 물발자국 딛고 오라고

　해가 지도록 오래오래오래

시는 인간의 소원과 그 소원을 기도하는 최고의 예술
이며, 우리 인간들은 시가 있기 때문에 이 어렵고 힘든
삶을 살아간다. 소원은 바라고 원하는 것이며, 이 소원
을 잃어버릴 때, 대부분의 인간들은 삶을 포기하게 된
다. 이 세상에서 가장 무서운 것은 마음의 병이며, 이
마음의 병의 최고의 특효약이 시라고 할 수가 있다. 시
를 쓴다는 것은 언제, 어느 때나 소원을 간직하고 있다
는 것이며, 소원을 간직하고 있다는 것은 그 어떤 장애
물도 극복할 수 있는 삶의 의지가 있다는 것이다. 시는
우리에게 꿈을 가르쳐 주고, 시는 우리에게 꿈의 세계
를 보여준다. 시는 새로운 세계로의 안내이며, 언제, 어
느 때나 행복한 삶이 있다는 것을 가르쳐 준다. 시는 아
름답고 행복한 꿈이며, 낙천주의를 양식화시킨 것이다.

유계자 시인의 「오래오래오래」는 우리 인간들의 소
원(꿈)을 노래한 시이며, 이 소원의 간절함 만큼이나

그 노래에 옛이야기를 극적으로 결합시킨 창작극이라고 할 수가 있다. 「오래오래오래」는 시로 씌어진 소원이고, 「오래오래오래」는 시와 옛이야기, 아니 시와 삶을 결합시킨 창작극(뮤지컬)이라고 할 수가 있다. 시적 주제는 기다림이고, 시의 무대는 바다이다. 시의 주인공은 바다로 나가 실종된 아들을 기다리는 외할머니와 그리고 그 외할머니의 소원과 함께, 「오래오래오래」의 사건과 그 배경을 노래하고 있는 시인이다. 「오래오래오래」의 꽃은 갯메꽃이고, 「오래오래오래」의 악기는 나팔이다. 「오래오래오래」의 전령사는 갈매기이고, 「오래오래오래」의 구원자는 개미들이다. 「오래오래오래」의 기도는 주문이고, 그 기다림의 방법은 "오늘도 남은 사람들은 혼자 갯메꽃 주문을 외우며/ 물수제비를 던지지/ 퐁퐁퐁 물발자국 딛고 오라고"라는 시구에서처럼, 물수제비를 뜨면서 징검다리를 놓는 것이다.

시는 사건을 미화시키고, 사건은 그 상처와 아픔을 지워버린다. 바다에 나가 실종된 외삼촌은 살아 있는 사람이 되고, 언젠가, 어느 때는 만선의 꿈을 안고 돌아와 외할머니의 품에 안길 자랑스러운 뱃사나이가 된다. 믿음은 소원이 되고, 소원은 갯메꽃이 된다. 갯메꽃이 바다를 향해 쨍쨍하게 나팔 하나씩을 빼어물면 자갈자갈 거품 문 게들이 발바닥에 짠 내음을 불러들이고, 뱃길 따라갔던 갈매기들은 아직 먼 바다에서 돌아오지 않은 안부를 물고 온다. 시인은 외할머니가 가르쳐 준대로 갯메꽃 입술 가까이 대고 따개비같은 주문을 외우는데, 왜냐하면 외할머니의 소원대로 하루바삐 외삼촌이 돌아오지 않으면 안 되기 때문이다. 따개비는 더없이 끈질기고 강력한 생명의 상징이고, 이 주문의 효과에 의하여 "메꽃 속에서 긴 밧줄을 타고 꽃씨 닮은 개미들이 줄줄이 기어" 나온다. 나팔은 기다림—그리움의 노래가 되고, 개미들은 긴 밧줄을 타고 나타나는 기사단, 즉, 구원자가 된다.

시는 소원(꿈)이고, 소원은 결코 이루어지지 않는다. 이루어지지 않는 꿈은 마음의 병이 되고, 이 마음의 병을 치료하는 데에는 오랜 시간이 걸린다. 이루어지지 않는 꿈을 이루어야 하니까 주문이 필요하고, 주문이 필요하니까 기적이 필요하다. 기적은 어렵고, 기적은 오랜 시간이 필요하다. 시는 삶의 의지이고, 삶의 의지는 모든 기적을 가능하게 한다. 바다에 나가 돌아오지 않는 외삼촌, 그 외삼촌을 기다리는 할머니, 그 기다림

의 함성같은 갯메꽃, 자갈자갈 짠 내음을 불러들이는
거품 문 게들, 먼 바다에서 아직 돌아오지 않는 안부를
전해주는 갈매기, 갯메꽃 입술 가까이 대고 따개비 같
은 주문을 외우는 시인, 갯메꽃 속에서 구원의 밧줄을
타고 나타나는 개미들, 찰싹찰싹 외할머니의 눈물 비
린내 같은 밀물 등의 등장인물들과 사건들이 모여서 어
느덧 기적의 징검다리를 놓게 된다.

　유계자 시인의 상상력은 '오래오래오래'라는 시간을
붙잡고, 과거와 현재와 미래를 순회하며, 그리고 현재
로서 살아 움직이게 한다. '오래오래오래'는 과거이며
현재이고, 현재이며 미래이다. '오래오래오래'는 외할
머니의 눈물 비린내의 시간이며, 갯메꽃 함성의 시간
이고, 그리고 기적의 징검다리의 시간이다. 외삼촌은
살아 있고, 만선의 기쁨을 안고, 가장 아름답고 행복한
고향으로 돌아온다.

　말과 이미지의 일치, 말과 삶의 일치, 시와 삶의 일
치―. 말의 향연과 이미지의 향연과 이야기의 향연―.
너무나도 완벽하고 너무나도 극적인 구성상의 승리가
유계자 시인의 「오래오래오래」의 시적 토대라고 할 수
가 있다.

김 늘
본명

침,

묵,

나의 본명입니다.

삐걱이는 의자 위에 내려앉는 저녁처럼

몇 알 밥풀이 남은 그릇에 떨어지는

한밤의 정적처럼

읽다 만 책 위로 쌓여가는 부연 망각처럼

나의 장기長技는

표정 없는 표정

말없는 이야기

그림자의 그림자

어쩌면

얼룩이 토해놓은 울음
거울에 남은 짧은 응시 같은 것
기울어가는 빈집 처마에
가볍게 살랑이는 적막같은,

끝내
기억나지 않는 어떤 꿈
어쩌다
몸이 떠난 곱게 낡은 옷

잠길 침沈, 잠잠할 묵默. 침묵이란 무엇일까? 침묵이 란 입을 다물고 조용히 있는 상태를 말하지만, 그러나 침묵은 그 주체자가 처한 상황, 위치, 장소에 따라서 매우 다양한 의미로 해석될 수가 있다. 말에 의한 여러 잡음을 피하고 묵묵히 자기 자신의 책임과 의무를 다 한다는 점에서는 침묵은 금일 수도 있고, 그가 꼭 말을 해야 하고 어떤 사건의 진실을 파헤쳐야 할 때의 침묵 은 그 무엇보다도 비겁한 책임회피와 진실의 은폐일 수 도 있다. 때로는 침묵이 대인기피와도 같은 용기의 부 족과 소심한 성격 탓일 수도 있고, 때로는 침묵이 홀로 사색과 명상을 즐기는 이야기, 즉, 가장 조용하고 아름 다운 웅변일 수도 있다.

김늘 시인은 그의 침묵을 깨고, "침묵은 나의 본명 입니다"라고 너무나도 과감하고 도발적인 폭탄선언을 한다. 말없음이 본명이고, 말을 하지 않음으로써 말을 한다는 것은 언어 질서의 파괴이자 새로운 가치의 창조라고 할 수가 있다. 말은 사물의 인식기능과 상호간의 의사소통기능과 어떤 사건과 사물들을 탐구하고 그것을 사상과 이론으로 정립하는 기능이 있으며, 우리 인간들의 삶은 이 말, 즉, 이 언어에 의해서 시작되고 이 언어에 의해서 끝난다고 해도 과언이 아니다. 따라서 말을 하지 않음으로써 말을 한다는 것, 즉, 침묵이 나의 본명이라는 것은 나의 반사회적 성향과 비사교성에 그 어떠한 시비도 걸지 말라는 폭탄선언이라고 할 수가 있다.

김늘 시인은 소심하고 용기가 없다. 표정 없는 표정과 말없는 이야기를 하는 것도 그의 장기이고, 그림자의 그림자와 "삐걱이는 의자 위에 내려앉는 저녁처럼/ 몇 알 밥풀이 남은 그릇에 떨어지는/ 한밤의 정적처럼/ 읽다 만 책 위로 쌓여가는 부연 망각처럼" 살아가는 것도 그의 장기이다. "어쩌면/ 얼룩이 토해놓은 울음/ 거울에 남은 짧은 응시 같은 것/ 기울어가는 빈집 처마에/ 가볍게 살랑이는 적막같은" 것도 그의 장기이고, "끝내/ 기억나지 않는 어떤 꿈/ 어쩌다/ 몸이 떠난 곱게 낡은 옷"도 그의 장기이다. 소심하고 용기가 없다는 것은 그 무엇보다도 비겁한 책임회피와 진실의 은폐일 수도 있지만, 그러나 그가 소심하고 용기가 없다는 것은 그의 타고난 성격일 뿐, 그 어떠한 영웅적인 행위보다도 더 소중한 사회적 실천일 수도 있다.

김늘 시인은 말의 현실 앞에서 소심하고 용기가 없다. 그래서 그는 침묵 속으로 숨어들어, 침묵의 이름표를 달고 침묵의 현실을 산다. 하지만, 그러나 그의 침묵은 다른 한편 대범한 용기이며, 가장 조용하고 아름다운 웅변이라고 할 수가 있다. 타인들이 큰소리로 말하고, 대중들을 선전─선동하며 사상과 이념의 투쟁으로 몰아갈 때, "침묵은 나의 본명입니다"라고 말하고 있는 것이 바로 그것이다. "나의 장기長技는/ 표정 없는 표정/ 말없는 이야기/ 그림자의 그림자"라는 시구에는 얼마나 용기가 필요한 것이며, "어쩌면/ 얼룩이 토해놓은 울음/ 거울에 남은 짧은 응시 같은 것/ 기울어가는 빈집 처마에/ 가볍게 살랑이는 적막같은"이라는 시구에는 또한 얼마나 용기가 필요한 것일까? 침묵은 삐걱이는 의자가 되고, 침묵은 한밤의 정적이 된다. 침묵은 얼룩이 토해놓은 울음이 되고, 침묵은 가볍게 살랑이는 적막이 된다. 침묵은 기억나지 않는 꿈이 되고, 침묵은 몸이 떠난 낡은 옷이 된다. 나는 언어의 현실의 그 모든 것에 대해 침묵하며, 그 침묵의 아름답고 슬픈 현실을 산다. 김늘 시인의 「침묵」은 대폭발이며, 언어의 밝은 대낮 뒤에는 침묵의 삶도 있다는 것을 보여준다.

'네, 그렇습니다'라고 기꺼이 찬양하고 동의할 때의 삶의 환희도 거절하고, '아니오, 그렇지 않습니다'라는 너무나도 분명한 반대와 자기 주장도 포기하고, 언제, 어느 때나 침묵으로 일관한다는 것은 자기 스스로 고독과 소외의 그늘 속으로 움츠러든다는 것을 뜻한다. 하지만, 그러나 침묵은 적극적인 자기 의사의 표시이며, 나는 단 사람의 시인으로서 침묵 속의 삶을 살고, 그 행복을 연주한다는 것을 뜻한다. 표정없는 표정, 말 없는 이야기, 그림자의 그림자라는 너무나도 당당하고 떳떳한 삶의 태도는 "침묵은 나의 본명이다"라는 폭탄 선언으로 이어진다.

삐걱대는 의자의 모습도 좋고, 한밤의 정적도 좋고, 부연 망각도 좋다. 얼룩이 토해놓은 울음도 좋고, 거울에 남은 짧은 응시도 좋고, 빈집 처마에 가볍게 살랑이는 적막도 좋다. 나는 끝내 기억나지 않는 어떤 꿈을 꾸며, 어쩌다 몸이 떠난 곱게 낡은 옷처럼 살아간

다. 침묵은 소외이고 고독이며, 침묵은 울음이고 시한
폭탄이고, 침묵은 반사회적이고 비사교적인 나의 행복
의 원동력이다.

  침묵은 금이고, 웅변은 먼지이다. 나는 침묵하며 침
묵의 이름으로 살아가기 위해 태어났지, 시도 때도 없
이 떠들어대며, 자기 자신을 잃어버리는 웅변가, 즉,
이 세상의 어중이 떠중이들로 태어난 것이 아니다.

김혁분
늑대와 함께 춤을*

퇴직한 당신을 입양합니다
서랍 속 명함처럼 당신은 자주 혼잣말을 하고

열손가락을 걸고도 흐림이 있어
엇박자로 다가오는 당신에게
일상은 새빨갛게 지나가기 일쑤였습니다

우리에게 자주라는 말은
어느 날의 사랑에 대한 오독
자주 물었고 자주 울었고 혼자 잠들다
당신은 오늘 서서 커피를 타고 반복적으로 발을 구
릅니다
집안에서 네 발로 기다가
두 발로 맴돌다 세 발로 설 때까지 당신은

하나 둘 셋

취사 버튼을 누르듯 저녁 항구를 떠나듯 춤을 추지만
발의 리듬엔 이슬이 맺혀있어
나는 돌아온 늑대와 함께
스텝 스텝
폭소가 쏟아질 때까지 춤을 춥니다

* 영화 제목에서 가져오다.

📖

　나는 오래 전에「늑대와 함께 춤을」이라는 영화를 본 적이 있었고, 미국의 역사는 '인디언 몰락의 역사'에 기초해 있다는 사실에 새삼 치를 떨지 않을 수가 없었다. 존 던버(케빈 코스트너)는 미 육군의 중위로서 남북전쟁에서 공훈을 세운 바가 있지만, 그러나 서부의 변방으로 좌천된 장교에 지나지 않았다. 그는 늑대와 친해져서 늑대와 함께 춤을 출 정도가 되었지만, 인디언 추장의 딸인 '주먹쥐고 일어서'와 사랑에 빠진다. 그는 '늑대와 춤을'이라는 이름을 갖게 되었고, 새로운 땅을 개척하려는 미군과 맞서 싸우게 된다. 그는 미 제국주의와 맞서 싸우는 인디언 종족의 수호천사가 되었고, 그 결과, 진정한 휴머니스트가 되었다. 하지만, 그러나 늑대와 춤을, 아니 존 던버는 미국인이며 미 제국주의의 장교라는 출신성분을 지울 수가 없듯이, 그가 미국 문화의 포용성과 우월함을 전파하는 앞잡이에 불과하다는 사실 때문에 그 씁쓸한 뒷맛을 지울 수가 없었다. 왜냐하면 인디언이 인디언의 역사와 전통을 스스로 지키지 못하고, 수호천사의 탈을 쓴 미국인에 의해서 보호되고 육성된다는 사실은 오히려, 거꾸로 인디언 문명의 몰락을 반증해주고 있는 것이기 때문이다.

퇴직이란 사회적으로 노동력을 상실했다는 것이고, 노동력을 상실했다는 것은 이제는 자연(죽음)으로 돌아갈 때가 되었다는 것을 뜻한다. 하지만, 그러나 아직은 젊고 얼마든지 더 일을 할 수 있다고 생각하며, 이것이 그의 광기의 원인이 되어준다. 욕망이 충족되면 쾌락이 따르고, 욕망이 충족되지 않으면 불쾌가 따른다. 힘찬 일터를 상실했다는 불안과 공포, 이제는 더 이상 힘찬 일터를 찾을 수가 없다는 불안과 공포, 날이면 날마다 '새빨간 거짓말'처럼 헛된 망상에 기대어 쓸모없는 인간이 되어 살아야 한다는 불안과 공포, 비록 나의 영원한 동반자이기는 하지만 아내의 보호를 받으며 죽음에 임해야 한다는 불안과 공포가 퇴직자의 의식과 무의식을 짓눌러버리게 된다. '자주 물었고'는 내게도 희망이 있느냐는 물음이고, '자주 울었고'는 그 물음에 대한 절망감의 소산이고, '혼자 잠들다'는 울다가 울다가 지쳤다는 것이다. 오늘도 서서 커피를 타고 반복적으로 발을 구르고, "네 발로 기다가/ 두 발로 맴돌다 세 발로 설 때까지"의 광기는 퇴직자의 억압된 욕망의 소산일 수도 있는 것이다. 나는 더욱더 열심히 일하고 싶고, 나는 나의 아내와 자식들과 더욱더 오래 오래 살고 싶다는 욕망이 육체적인 나이와 함께, 퇴직이라는 최종선고를 받은 것이다. 김혁분 시인의「늑대와 함께 춤을」의 광기는 일종의 금단현상이며, 그의 꿈과 욕망이 좌절된 것에 대한 반작용이라고 할 수가 있다. 영화 속의 늑대는 자연의 늑대이며, 역동적인 생명력을 자랑하지만, 이 시 속의 늑대는 반자연의 늑대이며, 아내, 혹은 가정이라는 울타리에 갇힌 늑대를 뜻한다. 퇴직한 늑대는 "퇴직한 당신을 입양합니다"라는 시구에서처럼 양육되고 보호받아야 할 늑대이고, 따라서 그는 자연으로 되돌아가고자 안달이 나게 된다. "서랍 속 명함처럼 당신은 자주 혼잣말을 하고"와 "열손가락을 걸고도 흐림이 있어/ 엇박자로 다가오는 당신에게/ 일상은 새빨갛게 지나가기 일쑤였습니다"라는 시구는 광기의 초기 증상이며, 그 결과, "우리에게 자주라는 말은/ 어느 날의 사랑에 대한 오독/ 자주 물었고 자주 울었고 혼자 잠들다/ 당신은 오늘 서서 커피를 타고 반복적으로 발을 구릅니다/ 집안에서 네 발로 기다가/ 두 발로 맴돌다 세 발로 설 때까지"라는 시구에서처럼 그는 미치광이가 되어간다.

'자주'는 되풀고, 되풀이는 반복충동이며, 반복충동은 정신분열증의 구체적인 증거라고 할 수가 있다. "자주 물었고" "자주 울었고"의 '자주'는 사랑이 아니라 정신분열증의 광기이며, 그것은 궁극적으로는 실소失笑와도 같은 폭소爆笑를 불러일으킨다. 실소는 어이없음이고, 어이없음은 퇴직 이전의 지난날로 돌아갈 수 없음을 뜻한다. 제 아무리 "집안에서 네 발로 기다가/ 두 발로 맴돌다 세 발로 설 때까지" "하나 둘 셋", "취사 버튼을 누르듯 저녁 항구를 떠나듯 춤을" 춰봐도 그들의 "발의 리듬엔 이슬이 맺혀있어" 전혀 터무니없고 공허한 폭소만이 쏟아지게 될 뿐이다. 어이없음은 눈물(이슬)이 되고, 실소는 미친 사람의 폭소가 된다.

돌아온 늑대는 자연의 늑대가 아니고, 가정이라는 울타리에서 양육되고 보호받아야 할 늑대(퇴직자)에 지나지 않는다. 두 눈의 동공도 풀렸고, 그토록 사납고 날카로운 이빨도 빠졌다. 산봉우리와 산봉우리 사이로 뛰어다니던 네 다리의 근육도 풀렸고, 천하의 뭇 짐승들을 사로잡았던 목울대도 잠겼다. 스텝, 스텝, 스텝이 꼬이고, 존 던버, 아니 인디언 종족들이 미제국주의를 이길 수가 없듯이, 이 퇴직자가 자연의 노화현상을 이길 수는 없다.

늑대, 자연의 삶의 터전과 야성을 잃어버린 늑대, 아내의 동정과 연민에 의하여 양육되고 보호받아야 할 늑대! 시간이 멈춰서고, 시계바늘이 떨어지며, 이 세상의 모든 늑대들이 단말마의 비명을 질러댄다. 외롭고, 슬프고, 그래서 눈물이 나고, 그래서 '늑대와 춤을' 추면서, 미치고, 또 미쳐만 간다.

김혁분 시인은 삶의 근본원인을 따져묻는 철학자와도 같고, 퇴직자의 심리를 꿰뚫어보는 심리학자와도 같다. 그는 삶의 의미와 삶의 존재 근거를 잃은 퇴직자들을 입양하는 보육자와도 같고, 그들과 함께 춤을 추는 무용수와도 같다. 그토록 뛰어나고 다재다능한 천재성이 이「늑대와 함께 춤을」최고의 명시로 탄생시킨 것이다.

박방희

일기 쓰는 파리

파리는
똥으로 일기 쓴다.

순간순간
반성하며

점점이
찍어 놓고는……

두 손 모아
싹싹 빈다.

박방희 시인의 「일기 쓰는 파리」는 반성하는 인간이며, 이상적인 미래의 인간이라고 할 수가 있다. 파리는 똥으로 일기를 쓰고, 순간순간 반성하며, 두 손 모아 싹싹 빈다. 반성은 자기 자신의 사유와 행동을 성찰하며, 그 잘못을 뉘우치고 있는 행위이며, 자기 자신의 잘못을 시정함으로써 새로운 인간으로 태어나는 행위라고 할 수가 있다.

'나는 반성한다, 고로 새로운 인간으로 태어난다.'

이 세상에서 가장 살기 좋은 곳은 반성하는 자들이 살고 있는 곳이며, 이 지상낙원을 고급문화인들이 사는 문화선진국이라고 부른다. 반성은 과거와 현재와 미래를 이어주는 사유의 다리이며, 이 반성에 의하여 학교의 교육과 천재의 꽃이 활짝 피어나게 된다.

이 세상에서 가장 살기 나쁜 곳은 반성하지 않는 자들이 살고 있는 곳이며, 이 더럽고 추한 천민들이 사는 곳을 문화후진국이라고 부른다. '예수는 구세주이고, 단군은 악마다.' '미국인은 좋은 사람이고, 일본인은 나쁜 놈들이다'. '자유주의자는 좋은 사람들이고, 공산주의자는 나쁜 놈들이다.' '뇌물은 좋은 것이고, 청렴은 나쁜 것이다.' '주입식 암기교육은 좋은 것이고, 독서 중심 글쓰기 교육은 나쁜 것이다.' 더없이 더럽고 추한 천민들은 모든 사람들과 시대와 이념이 늘, 항상 변한다는 사실을 모르고, 단 하나의 진리(고정관념)를 믿으며, 그 허위를 신봉하게 된다. 책을 읽고 반성하지 않으니 진리와 허위를 구분하지 못하고, 싸움을 한 번도 해보지 못하고 이민족의 노예가 된다.

미국에게, 일본에게, 중국에게 두 손 모아 싹싹 빈다.

우리 한국인들은 반성하지 않고 목숨을 구걸한다.

조순희
매미

울 만큼 울었으니

이제, 내게 남은 일은

허물은 벗는 일

가볍게 떠나는 일

노자는 어느 날 물소를 타고 사라져갔고, 스토아 학파의 창시자인 제논은 어느 날 발을 다치자 죽을 때가 되었다고 떠나갔다. 그리스의 최고의 명장인 아킬레스는 친구의 원수를 갚고 장렬하게 전사를 했고, 오딧세우스의 경쟁자였던 아이아스는 그 불명예를 참지 못하고 자살을 했다. 소크라테스는 '악법도 법이다'라는 말을 남기고 한 사발의 독배를 마시고 죽었고, 엠페도클레스는 자기 자신이 신이 되기 위하여 에트나 화산에 몸을 던졌다.

　　니체는 인류의 역사상 가장 위대한 선물인 『짜라투스트라는 이렇게 말했다』를 남기고 떠나갔고, 모차르트는 인류의 역사상 가장 위대한 장송곡을 남기고 떠나갔다. '나는 신성모독을 범한다, 고로 존재한다'와 '세계는 나의 범죄의 표상이다, 고로 행복하다'는 나의 행복론이고, 나는 이 '행복론' 속에 죽어갈 것이다.

"울 만큼 울었으니// 이제, 내게 남은 일은// 허물은 벗는 일// 가볍게 떠나는 일."

나는 일찍이 애지愛知, 즉, '지혜사랑'을 통하여 우리 한국인들의 백만 두뇌를 양성하고, 우리 한국인들을 '사상가와 예술가의 민족', 즉, 고급문화인으로 육성하겠다는 꿈을 꾼 적이 있다.

애지, 애지―, 이제는 나의 그 꿈을 위하여 이 '반경환'이라는 허물을 벗을 때가 된 것이다.

조옥엽
지구의 동승객들

그해 겨울, 마지막 달력 한 장이 찢어진 치맛자락처럼 바람에 펄럭일 때

당분간 여행을 떠나신다고 들었습니다

모처럼 접어 두었던 날개를 활짝 펴시는구나

부러웠습니다

그러다 우연히 당신의 행선지가 병원이라는 걸 알았지요

마음속 묵은 공기와 풍경을 들어내고 새 필름을 끼워 넣는 일이 여행이라면

낡은 장기의 부분 부분을 잘라내는 일도 여행이라
할 수 있겠지요

어느 고요한 밤, 별의 날개 타고 이승에 오신 당신은
지금 다시 별의 날개를 빌어

잠시 나들이 속의 나들이를 하는 중이라 말할 수 있
겠지요

다만 귀가 일정을 알 수 없는 여행이라는 점이 다
를 뿐

그러나 너무 두려워하지 마십시오

당신뿐이 아닙니다

우리 모두 당신처럼 일정을 알 수 없는 여행 중입
니다

코트 안주머니 깊숙이 근심 걱정을 숨기고 모든 게

순조로운 듯, 평화로운 듯

천연스레 얼굴에 미소까지 골고루 펴 바르고

일정을 불문에 붙인 지구라는 여객기에 몸을 싣고 지난한 여행을 하는 중입니다

당신이 우리이고 우리가 곧 당신입니다 분리될 수 없는 하나의 운명체입니다

우리 인간들이 가장 두려워하는 것은 죽음이고, 이 죽음 앞에서는 모두가 다같이 어린아이가 되어 벌벌벌 떤다. 하지만, 그러나 죽음은 느닷없이 찾아오고, 어느 누구도 이 죽음을 피할 수가 없다. 죽음은 늙은이의 목덜미도 물어뜯고, 죽음은 이팔청춘의 젊은이의 꿈도 물어뜯는다. 죽음은 초등학생의 생명도 물어뜯고, 죽음은 성악가의 목덜미도 물어뜯는다. 죽음은 남녀노소를 가리지 않으며, 그 모든 생명체들의 삶을 끝장내 버린다. 이 죽음의 공포, 이 죽음의 두려움을 극복하는 방법을 노래한 것이 조옥엽 시인의 「지구의 동승객들」이라고 할 수가 있다. 「지구의 동승객들」은 모두가 운명공동체이며, "일정을 불문에 붙인 지구라는 여객기에 몸을 싣고 지난한 여행을 하는 중"이지만, 그러나 죽음을 지구별이 아닌 다른 별로의 여행을 가는 것이라고 노래한 시라고 할 수가 있다.

그해 겨울, 마지막 달력 한 장이 찢어진 치맛자락처럼 바람에 펄럭일 때, 당분간 여행을 떠나신다는 당신의 소식을 들었고, 시적 화자는 그 소식을 듣고 모처럼 접어두었던 날개를 활짝 펴시는구나라고 부러워할 수밖에 없었다. 당신은 현모양처럼 고귀하고 품위있게 살아왔던 것이고, 자나깨나 집안의 살림살이 때문에 여행같은 것은 엄두도 낼 수가 없었던 것이다. 이제는 어느덧 현모양처의 소임도 다했고, 그 결과, 다른 곳, 다른 세상으로 즐겁고 신나는 여행을 떠나시는구나라고 생각할 수밖에 없었던 것이다.

하지만, 그러나 당신의 행선지가 다른 곳이 아닌 병원이라는 것을 알게 되었고, 바로 이 지점에서 조옥엽 시인의 발상과 인식의 전환이 일어나고, 그것이 최고급의 사유의 혁명으로 나타나게 된 것이다. "마음 속 묵은 공기와 풍경을 들어내고 새 필름을 끼워 넣는 일이 여행이라면/ 낡은 장기의 부분 부분을 잘라내는 일도 여행이라 할 수 있겠지요"라는 시구가 그것이 아니라면 무엇이란 말이고, 또한, "어느 고요한 밤, 별의 날개 타고 이승에 오신 당신은 지금 다시 별의 날개를 빌어/ 잠시 나들이 속의 나들이를 하는 중이라 말할 수 있겠지요"라는 시구가 그것이 아니라면 무엇이란 말인가? 마음 속의 묵은 공기와 풍경을 들어내고 새로운 고장을 다니며 사진을 찍는 것도 여행이고, 낡은 장기의 부분 부분을 잘라내는 것도 여행이다. 어린 아이가 태어나는 것도 별에서 별로 별의 날개를 달고 여행을 온 것이고, 어른이 죽는 것도 별에서 별로 별의 날개를 달고 여행을 떠나는 것이다. 돈이 떨어지거나 모자라는 것도 여행의 일부이고, 아이를 낳고 키우는 것도 여행의 일부이다. 여행자는 욕심을 버리고 그 무엇에 집착을 하지 않으며, 언제, 어느 때나 자유롭게 산다. 자유는 날개이고, 동력이며, 자유로운 자만이 죽음의 공포를 가볍게 벗어날 수가 있다. 대수술, 즉, 낡은 장기의 부분 부분을 잘라내는 것이 여행이라는 생각, 이 세상의 삶이 별에서 별로의 여행이며 '죽음이란 없다'라는 생각은 죽음의 공포를 극복해낸 최고급의 사유의 혁명이라고 할 수가 있다.

인생은 여행이고, 여행은 즐겁고 기쁜 것이다. 슬픈 일도 여행지에서의 경험이고, 기쁜 일도 여행지에서의 경험이다. 귀가 일정이 잡혀 있거나 귀가 일정이 잡혀 있지 않거나 간에, 모두가 다같은 여행일 뿐, 그것이 그렇게 중요한 것이 아니다. 우리는 모두가 다같이 일정을 알 수 없는 여행 중이고, "코트 안주머니 깊숙이 근심 걱정을 숨기고 모든 게 순조로운 듯, 평화로운 듯/ 천연스레 얼굴에 미소까지 골고루 펴 바르고/ 일정을 불문에 붙인 지구라는 여객기에 몸을 싣고 지난 한 여행을 하는 중"인 것이다.

죽음은 다만 말장난이며, 공연한 협박이고, 두려운 어떤 것에 지나지 않는다.

조옥엽 시인의 「지구의 동승객들」은 유교적인 전통의 교양과 21세기의 자연과학적인 지식이 절묘하게 결합된 시이며, '인생은 여행이다'라는 '사유의 혁명'으로 죽음의 공포를 제거해낸 시라고 할 수가 있다.

인생은 여행이고, 죽음은 없다. 이것이 조옥엽 시인의 '사유의 혁'명인 것이다.

권예자

나에게 타협하다

그녀는 내게 속삭인다
해봐. 그게 뭐 어때서
자존심 따위는 버려
늘 남의 뒤만 따라갈래?
발 걸어, 낚아채

새처럼 상냥하고
꽃처럼 다정하지만
그녀는 늘 힘이 세다
져주긴 쉽고 버티기는 어려워
번번이 머리 숙여 타협했다

오늘도 독과 약 사이를 오가다
옷 갈피에 구겨 넣은 말
이번뿐이다

이것이 마지막이다

내가 잘 넘어가기를
당신은 걸려 넘어지기를 바라며
오른발 슬쩍 올린다
툭,
또 다시 찍은 검은 발자국

나에게 좋은 것은 선이고, 그에게 좋은 것은 나쁜 것이다. 선과 악이란 이처럼 상대적인 것이고, 따라서 선과 악이란 하나의 환영이며 뜬구름이지, 절대적인 어떤 것이 아니다. 하지만, 그러나 모두가 자기 자신의 이익을 좇아갈 때는 '만인 대 만인의 투쟁'이 일어나고 그들이 소속된 사회는 문화적 무질서 속에 휩싸이거나 해체될 수밖에 없다. 이러한 문화적 무질서와 공동체 사회의 해체를 막기 위한 것이 도덕과 법률이라고 할 수가 있다. 공동체 사회가 선악을 정하고, 선을 행한 자에게는 명예를, 악을 행한 자에게는 불명예를 주어왔던 것이다. 명예와 생명은 하나이며, 명예를 위해 살고 명예를 위해 죽겠다는 명제는 공동체 사회의 훈육의 결과이며, 이 명예만이 최고의 선이 될 수밖에 없었던 것이다. 명예는 최고급의 훈장이며, 만인들의 찬양과 찬사의 대상이고, 명예는 영원불멸의 구세주와도 같다고 하지 않을 수가 없다.

하지만, 그러나 나에게 해로운 일을 선택하고, 나에게 좋은 일을 하지 말라는 것은 반자연적이며, 반생물학적인 어떤 것에 지나지 않는다. 눈앞의 이익을 포기하고 만인들의 이익에 봉사하라는 것, 쉽고 편안한 길을 가지 말고 타인들의 징검다리를 놓아주며 어렵고 힘든 길을 가라는 것, 그 무엇보다도 살생과 전쟁을 싫어하는 데에도 조국과 민족을 위해 총과 칼을 들고 싸우라는 것, 하늘과 구름과 달과 별들을 벗 삼아 자연인으로 살고 싶은 데에도 의무교육을 받고 국민투표를 하라는 것이 바로 그것을 말해준다. 명예는 공동체 사회의 훈육의 결과이고 최고급의 훈장이지만, 그러나 그것은 반자연적이며, 반생물학적인 어떤 것에 지나지 않는다.

권예자 시인의 '타협'은 선과 악, 즉, 명예와 불명예를 이어주는 경계선과도 같다. 명예의 길은 자기 자신을 희생시키는 오점 없는 길이고, 불명예의 길은 자기 자신의 이익을 위하여 전체의 이익을 희생시키는 범죄인의 길이다. 불명예는 새처럼 상냥하고 꽃처럼 다정하지만, 여우처럼 간사하고 교활하다. "그녀는 내게 속삭인다/ 해봐. 그게 뭐 어때서/ 자존심 따위는 버려/ 늘 남의 뒤만 따라갈래?/ 발 걸어, 낚아채"라는 시구에서처럼 상대방의 발을 걸고 타인의 이익을 침해하라고 오늘도, 지금 이 순간에도 속삭인다.

약육강식의 생존경쟁의 장에서는 명예란 휴지조각만도 못하며, 그를 죽이지 않으면 내가 살 수가 없다. 타협은 힘이 세고, 그의 간사하고 교활한 지혜는 백수의 왕인 사자는 물론, 그 어떠한 권력자도 단숨에 궤멸시킬 수가 있다. 정의는 명예이고 약이 되지만, 불의는 불명예이고 독이 된다. 정의의 길은 어렵고 힘들고, 타협의 길은 출세와 행복이 보장된다. 정의와 불의의 길, 즉, 명예와 불명예의 길, 이 영원히 함께 할 수 없는 갈림길에서, "져주긴 쉽고 버티기는 어려워" 나는 나의 양심을 악마에게 팔아버린다.

타협은 더없이 간사하고 교활한 여우이며, 타협은 온갖 권모술수를 다 행사한다. 타협은 내가 나를 기만하는 사기행위이며, 타협은 오직 나의 출세와 행복을 위한 반칙, 즉, 수많은 타인들을 실각시키는 '뒷다리 걸기'라고 할 수가 있다. 시를 쓰지 않는 사람은 아예 양심의 흔적조차도 가지고 있지 않지만, 그러나 시를 쓰는 사람은 권예자 시인처럼 자기가 자기 자신을 더 없이 아프게 물어뜯으며, "또 다시 찍은 검은 발자국"의 흑역사를 기록하게 된다.

내가 잘 넘어가기를
당신은 걸려 넘어지기를 바라며
오른발 슬쩍 올린다
툭,
또 다시 찍은 검은 발자국

이주남
힘못

베란더 꽃들은야 꿈이다, 아니야. 금이다, 은이다,
흰빛깔 아픔이다.

난 몰라, 정수리 와 박히는
쫀득한 힘못이다.

이주남 시인의 『아픈 만큼 싹튼 봄빛』은 언어의 금강산이며, 이 언어의 아름다움이 그토록 절묘한 일만이천봉으로 빛난다고 하지 않을 수가 없다. 사시사철 그 풍경이 다르고, 온갖 동식물들이 다 살고 있으며, 그는 시를 쓰는 시인이 아니라, 아름다운 명시 자체의 삶을 살고 있는 것인지도 모른다. 인간이 아닌 풍경, 풍경이 아닌 명시 자체의 삶─. 너무나도 아름다워 온몸에 전율이 돋아나고, 그 어떠한 숨소리조차도 소음으로 들리는 삶이 우리 말과 우리 말의 가락으로 울려 퍼지고 있는 것이다. 악마에게 영혼을 팔고 음악으로 숨 쉬는 니콜로 파가니니(「파가니니의 음률」)도 살아있고, "두 살에 어머니를 잃고/ 아홉 살에 아버지마저 잃어/ 친척집 돌며돌며" "눈물로 삼킨 눈칫밥"을 "대문호의 양념밥"(「양념밥」)으로 승화시킨 톨스토이도 살아있다. 막대기 하나로도 지휘자가 되었던 「비발디의 봄」도 살아 있고, 젊은 날 그토록 실의에 빠져있던 로버트 프로스트의 「두 갈래 길」도 살아있고, 자기 스스로 서점점원과 공장노동자의 생활을 하며, 20세기의 최고의 작가가 되었던 헤르만 헷세도 살아있다(「초록온다」). 명시의 토대는 천하의 금강산이고, 그 넓은 옷자락에는 모든 천재와 예술가들이 다 몰려온다.

아름다움은 만국의 공통언어이고, 이 아름다움은 니콜로 파가니니, 톨스토이, 비발디, 로버트 프로스트, 헤르만 헷세처럼 제도권의 획일주의를 벗어나 온갖 만고풍상을 다 겪으면서도, 그러나 오직 한눈 팔지 않고 자기 자신의 길만을 걸어갔던 예술가들의 피와 땀, 아니, 그들의 붉디 붉은 피의 언어라고 하지 않을 수가 없다. 언어가 있고 인간이 있는 것이 아니라, 인간이 있고 언어가 있는 것이다. 인간이 자연을 찬양하지 않고, 자연이 명시의 아름다움을 찬양하고 숭배한다. 베란더꽃들(명시들)은 꿈이고, 금이고, 은이고, 베란더꽃들은 파가니니이고, 톨스토이이고, 이주남 시인이다. 베란더꽃들은 비발디이고, 로버트 프로스트이고, 흰빛깔의 아픔이다. 오오, 흰빛깔의 아픔이 꽃으로 피어나다니, 그것은 놀라움이자 기적이 아닐 수가 없다.

이 놀라움—기적 앞에서, '난 몰라'라는 반어가 자연스럽게 튀어나오지만, 그러나 이 반어는 "정수리 와 박히는/ 쫀득한 힘못"처럼, 그 어떠한 말보다도 더 강한 절대 긍정의 말이라고 할 수가 있다.

이주남 시인의 「힘못」은 순수한 우리 말, 즉, 가장 기본적인 말들로, 베란더꽃들—꿈—금—은—흰빛깔의 아픔— 정수리— 쫀득한 힘못 등의 고산영봉을 이루고, 이 상징적이고 함축적인 이미지들에 의해서 다양한 의미와 그 메아리들이 울려퍼진다. 꽃은 꿈이고, 꿈은 금은이고, 꽃은 흰빛깔의 아픔이다. 흰 빛깔의 아픔은 정수리에 와 박히는 힘못이고, 힘못은 새시대의 서막을 알리는 베란더의 꽃들이다. '쫀득하다'는 씹히는 맛이 차지고 탄력성이 있다는 뜻이지만, 그러나 정수리에 와 박히는 힘못을 생각할 때, 새시대에 새로운 깃발을 꽂는 그 희열과 그 기쁨의 미적 감각이라고 할 수가 있다.

명시—꽃들은 흰빛깔의 아픔이고, 흰빛깔의 아픔은 정수리(꼭대기)에 와 박히는 새시대의 깃발이다. 명시—꽃들은 고통으로 꽃 피고, 모든 꽃들은 언제, 어느 때나 새롭다. 꽃은 힘못이고, 힘못은 아버지이다. 아버지는 언어의 창시자이자 종족의 창시자이며, 이 아버지의 힘못으로 베란더의 꽃들은 그토록 아름답고 예쁜 금은으로 꽃 피어난다.

모든 명시, 모든 꽃들은 힘못이다. 오늘도, 지금 이 순간에도, 우리들의 정수리에서 꽃이 피고, 이 꽃의 힘으로 역사의 수레바퀴는 그 발걸음을 멈추지 않는다.

옛세대는 가고, 새세대가 태어난다. 새세대는 가고, 또다른 새세대가 꽃 피어난다.

꽃은 아픔이고, 아픔은 힘못이고, 힘못은 천지창조의 꽃이다.

정재규
세발낙지

짜디짠 바닷물과 갯벌 속에 뒤엉켜
필사적으로 삶을 이어가는 운명

때로는 태양 빛을 몰래 훔쳐보며
끓어오르는 힘을 모으나
탐욕스러운 사람들의 입맛에 주눅 들고
갯벌을 휘젓는 어부들의 손끝이 매서워
미끌미끌한 몸뚱이는 땅속 깊이 파고든다

갯벌에는 필사적인 몸부림으로
녹초가 된 세발낙지의 벅찬 숨소리가 가득하다

그래도 갯벌 깊숙한 흙속에서
겨우 참고 목숨을 부지했건만
처연한 모습으로 식탁에 올라와 있다

접시에 긴 다리를 바짝 붙여보지만
나무젓가락 사이에 끼어진 채 돌돌 뭉쳐져
입 속에서 일생을 마감하는 처연한 삶

갯벌 속에서 유영하던 강인한 힘은
사람들의 입속에서 힘겹게 녹지만
인간의 눈빛에 짓눌려 잡혀온 세발낙지는
온몸을 비틀며
있는 힘을 다해 갯벌로 달려간다

어느 날 여우가 물가에 다가가 물속을 들여다보니까, 수많은 물고기들이 무엇인가에 쫓기는 듯 이리저리 바쁘게 움직이고 있었다. "너희들은 왜 그렇게 무엇인가에 쫓기는 듯 안절부절 못하고 있는 거니?"라고 여우가 물었다. "우리들의 목숨을 노리는 수많은 포식자들이 무섭고 두렵기 때문이지요?"라고 물고기들이 대답했다. "물속이 그처럼 무섭고 두려우면 물 밖으로 나오렴! 내가 너희들의 목숨을 안전하게 지켜주고 보살펴 줄테니?"라고 여우가 제안을 했다. "여우님, 그처럼 어리석고 우매한 말씀을 하지 마세요. 한평생 살아온 물 속도 알 수가 없는데, 우리들이 당신의 말을 어떻게 믿을 수가 있겠어요?"라고 물고기들이 대답을 하고, 모두들 다같이 여우의 시선이 미치지 않는 곳으로 숨어 버렸다.

이 이야기는 『탈무드』의 한 대목을 내가 내 기억력을

토대로 해서 재구성해본 것이지만, 이 세상에서 산다는 것만큼 무섭고 두려운 일도 없을 것이다. 물소와 영양과 사슴과 누떼 등의 초식동물이 보이지 않으면 사자들도 벌벌벌 떨게 되고, 푸르고 푸른 초지와 강물이 없으면 초식동물들도 벌벌벌 떨게 된다. 부모형제들이 없어도 벌벌벌 떨게 되고, 수많은 경쟁자들과 적들이 나타나도 벌벌벌 떨게 된다. 이 세상에 태어난다는 것은 '먹이사슬의 바다'에 내던져진다는 것이고, 삶이 상승곡선을 그릴 때에는 '희망의 찬가'를 부르게 되고, 삶이 하강곡선을 그릴 때에는 더없이 처량한 '슬픔의 비가'를 부르게 된다.

삶과 죽음은 먹이사슬의 바다에 있으며, 우리는 어느 누구도 정재규 시인의 「세발낙지」의 운명을 벗어나지 못한다. "짜디짠 바닷물과 갯벌 속에 뒤엉켜/ 필사적으로 삶을 이어가는 운명"에 지나지 않으며, 언제, 어느 때나 "필사적인 몸부림으로" "녹초가" 된 삶을 살아가지 않으면 안 된다. 백수의 왕인 사자와 호랑이의 말로는 더없이 끔찍하고, 이 맹수들은 그토록 짧고 끔찍한 생애가 무섭고 두려워서 더욱더 그처럼 사납고 잔인하게 모든 짐승들의 생명을 찢어발기는 지도 모른다.

원수를 만나도 괴롭고, 사랑하는 사람을 만나도 괴롭다. 산다는 것은 무섭고 두려운 것이며, 기껏해야 "온몸을 비틀며/ 있는 힘을 다해 갯벌로 달려"가는 「세발낙지」의 운명에 지나지 않는다. 세발낙지의 운명은 저주받은 운명이며, 그 어떤 구원의 손길도 미치지 못한다. 산다는 것은 누군가를 죽인다는 것이고, 누군가를 죽인다는 것은 다른 생명체를 먹는다는 것이다. 먹는 자가 먹히는 자가 되고, 먹히는 자가 먹는 자가 된다. 사는 것은 기쁜 일이 되고, 죽는 것은 슬픈 일이 된다. 살고 죽는 것은 누구에게나 똑같은 일이지만, 그러나 사는 것을 좋아하고 죽는 것을 싫어하기 때문에 모든 생명체들은 저주를 받게 된 것이다. 죽음을 기뻐하지 않고 죽음을 두려워하는 한 모든 생명체들은 이 '저주받은 운명', 즉, '세발낙지의 운명'을 벗어나지 못한다. 탐욕스러운 사람들의 입맛에 주눅이 들고, 타인들의 입속에서 일생을 마감하는 처연한 삶이 바로 그것을 말해준다.

세발낙지, 즉 우리 인간들의 고향은 '먹이사슬의 바다'이며, 우리가 우리의 저주받은 운명을 이끌고 돌아가야 할 곳도 '먹이사슬의 바다'이다. 세발낙지는 세발낙지의 운명을 벗어나 새로운 운명을 개척해보고자 그 토록 몸부림을 쳤지만, 그러나 그는 '저주받은 운명', 즉, 결코 그 '먹이사슬의 바다'를 벗어나지 못한다. 「세발낙지」의 운명은 시인의 운명이고, 시인의 운명은 모든 생명체들의 운명이다.

이 '저주받은 운명', 즉, '먹이사슬의 바다'를 극복하는 최선의 방법은 '먹이사슬의 법칙'을 받아들이고, 삶과 죽음의 문제를 초월해버리는 것이다.

산다는 것도 기쁜 일이고, 죽는다는 것도 기쁜 일이다. 엠페도클레스는 스스로 신이 되기 위하여 에트나화산에 몸을 던졌고, 『악령』의 끼릴로프는 신의 부재를 증명하기 위하여 스스로 목숨을 끊었다.

당신은 과연, 당신의 불운과 당신의 죽음을 더없이 즐겁고 기쁘게 받아들일 수가 있겠는가?

한국인은 미국인 앞에서 꼼짝 못하고, 미국인들은 대자연(죽음) 앞에서 꼼짝 못한다. 삶과 죽음 앞에서도 만물이 평등하고, 무서움과 두려움 앞에서도 만물이 평등하다.

김진열
관

프랑크푸르트공항에서 출발하여 11시간 비행, 인천
공항이다 빨랫감과 아내에게 줄 향수 한 병, 자료들로
채워진 무거운 가방

많은 생각들을 가지고 날아갔었다 밖은 침침하고 삭
막하고 두꺼웠다 이번이 열네 번째, 발을 붙일 수 없
는 캄캄한 곳에서 희망은 계속되었다 크지 않은 성과
지만 관에서 인정하기에 충분했다 시간은 남아 있어
옷매무새 가다듬고 주먹을 쥔다 여기는 입구, 꿈은 밖
에서 계속 된다

현관문을 들어서니 아내가 서 있다 천정이 낮고 벽이
코앞이다 고소한 참기름 냄새 가득한 관이다 깊고 익숙
한 분위기가 아늑하다 어린 시절 방학 때 놀러가서 큰
절하면 종이 돈 작게 접어 공책 사라며 쥐어 주시던 큰

아버지께서 관으로 들어가셨다는 아내의 브리핑, 현관
은 관으로 들어가는 입구다

　출장 가방을 꾸려주는 아내의 뒷모습이 익숙하다 나
눌 수 없어 혼자 느끼고 들어가는 통로는 체온을 벗어
난 허공으로 나를 내몬다 여기는 원통형 관이 될 것이
고 비행기는 걱정 없이 구름 위로 치달을 것이다

　12시간을 날아서 도착할 그곳은 관의 시작, 관의 입
구는 또 어떤 한계를 보여줄까

김진열 시인의 「관」의 시적 화자는 공공기관에 근무하는 사람이며, 그는 열네 번째 해외출장에서 귀국길에 오른 사람이다. 프랑크푸르트공항에서 출발하여 11시간 비행을 마치면 인천공항이고, 그의 가방에는 빨랫감과 아내에게 줄 향수 한 병, 그리고 수많은 자료들이 들어 있다.

밖은 침침하고 삭막하고 두꺼웠다. 그는 수많은 생각들, 즉, 너무나도 완벽하고 치밀하게 준비를 하고 해외출장을 왔던 것이고, 그 결과, 관에서도 인정할 수 있을 만큼의 성과도 얻었다. 시간은 아직 남아 있어, 그는 옷매무새를 가다듬고 몽상에 잠긴다.

현관문에 들어서니 아내가 서 있고, 천정이 낮고 벽이 코앞이었다. 집은 고소한 참기름 냄새가 가득한 관이었고, 아내는 어린 시절 큰절하면 학용품값을 곧잘 주시던 큰아버님이 돌아가셨다는 소식을 전해준다. 집도 관이고, 직장도 관이고, 비행기도 관이다. 삶도 관이고, 꿈도 관이고, 죽음도 관이다.

출장가방을 꾸려주던 아내의 뒷모습이 선하고, "나눌 수 없어 혼자 느끼고 들어가는 통로는 체온을 벗어난 허공으로" 그를 내몬다. 비행기도 원통형 관이고, 11시간 비행 끝에 차를 타고 도착한 집 역시도 또다른 관의 시작에 불과할 것이다.

김진열 시인의 「관」은 그의 인생관이며, '관觀의 철학'이라고 할 수가 있다. "크지 않은 성과이지만 관에서 인정하기에 충분했다"의 관은 벼슬관官이 되고, 고소한 참기름 냄새 가득한 관은 널관棺이 된다. 현관은 문을 뜻하는 관關이 되고, 여기는 원통형 관은 널관棺이 되고, 큰아버지가 들어가신 관도 널관棺이 된다. 관에 대한 더없이 진지하고 근본적인 성찰은 인생관(볼관觀)이 되고, 이 인생관이 최고급의 사유인 '관觀의 철학'으로 상승하게 된다.

우리는 어디에서 와서 어디로 가는가? 그것은 두말할 것도 없이 관에서 태어나 관에서 살며, 관으로 되돌아 가는 것이다. 관에는 수많은 오솔길과 샛강이 있고, 이 관이라는 우주에는 수많은 삶의 양상과 놀이가 있다. 중차대한 임무를 띠고 프랑크푸르트까지 날아갔던 관, 크지 않은 성과이지만 충분히 그의 신분을 유지시켜줄 수 있는 관, 깊고 익숙하며 참기름처럼 고소한 관, 어린 시절 방학 때마다 학용품값을 주시던 큰아버지가 들어가신 관, 원통형 관을 타고 돌아와 또다른 삶의 출발점과 종착점을 향해 가게 하는 관—, 아아, 우리들의 인생에는 얼마나 다종다양한 관이 존재한단 말인가! 관은 집이고, 텃밭이고, 놀이터이다. 관은 사무실이고, 무덤이고, 대자연의 우주이다.

김진열 시인의 '관觀의 철학'은 깊이 있는 성찰이며, 위대함의 산물이라고 할 수가 있다.

송찬호
책베개

커다란 덩치의 곰이 도서관 책을 잔뜩 빌려 간다
이제 곧 겨울잠을 자야 할 텐데
언제 그 책을 다 읽지요?

사서님, 대출 도서 반납은 걱정하지 마세요
내가 깊은 겨울잠에 들면
내 머리맡에 와서
책만 살짝 빼 가세요

언어(문자)가 발명되고 책이 출간되지 않았다면 오늘날의 문명과 문화의 발전은 가능하지도 않았을 것이다. 인류의 역사에 있어서 두 개의 혁명이 있는데, 첫 번째는 '문자의 혁명'이고, 두 번째는 '책의 혁명'이라고 할 수가 있다. 인간의 지식은 언어의 사용능력과 정비례하고, 언어를 가장 잘 사용할 수 있는 사람만이 전인류의 스승이 될 수가 있다. 언어는 지식이며, 이 지식을 가장 잘 보존하고 전달하기 위해서는 종이책이 필요할 수밖에 없었던 것이다. 지식을 보존하고 전달하는 수단으로서의 종이책은 가장 가볍고 누구나 손쉽게 구입할 수가 있으며, 책을 가장 많이 읽은 사람이 책을 가장 많이 쓰고 전인류의 스승이 될 수가 있다.

이 세상은 누가 지배하는가? 가장 많이 아는 자, 즉, 가장 책을 많이 읽은 자이며, 따라서 그들은 모두가 다 같이 독서광이 될 수밖에 없었던 것이다. 프란시스 베이컨은 '아는 것이 힘이다'라고 말했고, 가스통 바슐라르는 '하늘이라는 천당은 거대한 도서관이고' '매일 매일 좋은 책이 한 바구니씩 쏟아졌으면 좋겠다'라고 말한 바가 있으며, 나는 '사상의 신전(책의 신전)을 짓고 모든 사람들을 초대하고 싶다'고 말한 바가 있다.

우리 한국인들은 OECD국가 중에서 가장 책을 읽지 않는 '주입식 암기교육의 백치들'이지만, 송찬호 시인은 가장 훌륭한 독서광이라고 할 수가 있다. 그는 첩첩산중의 속리산 자락에 미욱하고 무식한 곰처럼 숨어 살지만, 그러나 그는 가장 영리하고 뛰어난 곰처럼 책을 읽고, 또 읽으며, 가장 행복한 책읽기의 대가의 삶을 살고 있는 것이다.

책은 앎(지혜)을 생산해내고, 앎은 권력을 생산해낸다. 권력은 부를 생산해내고, 부는 명예를 생산해낸다. 이 세상에서 가장 훌륭한 나라는 책의 공화국이며, 이 세상에서 가장 행복한 사람은 책베개를 베고 겨울잠을 자는 사람이다. 겨울잠은 너무나도 소중하고 꿀맛같은 꿈이며, 수천 년의 시간이 단 한 순간처럼 지나간다.

송찬호 시인은 커다란 덩치의 곰이며, 오늘도, 지금 이 순간에도 그의 책의 공화국에서 책베개를 베고 이 세상에서 가장 행복한 꿈을 꾼다.

장인무
양파

하얀 속살
너무나 눈이 부셔
눈물이 나지

씹으면
아릿한 전율

바로
이런 거야,
사랑

남자는 여자를 사랑하지 않고 자기 자신의 이상을 사랑한다. 여자 역시도 남자를 사랑하지 않고 자기 자신의 이상을 사랑한다. 남녀가 만나 사랑을 하고 결혼을 하지만, 그러나 곧 자기 자신의 이상과 실제 연인과의 차이를 깨닫고 크나큰 실망감과 함께 쓰디쓴 좌절감을 맛보게 된다.

　　사랑은 두 사람과의 만남이 아니라, 네 사람의 만남이라고 할 수가 있다. 이상형의 여인과 실제의 여인, 이상형의 남자와 실제의 남자―. 이상형의 인간과 실제의 인간이 싸우면 이상형의 인간이 이기지만, 그러나 두 남녀는 서로가 서로를 오해하며, 이 세상 그 어디에도 없는 환상(이상)을 쫓아 살아가게 된다.

　　이상형은 하얀 속살의 양파이고, 너무나도 눈이 부셔 눈물이 나고 씹으면 씹을수록 아릿한 전율이 일어나지만, 그러나 그 사랑은 실체가 없다.

우리는 모두가 다같이 "바로/ 이런 거야"라는 '사랑의 중독자'일 뿐, 돈주앙과 클레오파트라와 로미오와 줄리에트와 이아손과 메디아와 양귀비와 황진이와 오르페우스와도 같은 비극적 운명에서 벗어날 수가 없다.

사랑은 양파이고 전율이며, 이 전율 앞에서는 자기 자신의 목숨까지도 바친다. 양심, 이성, 도덕, 부도덕, 지혜, 용기, 선악 따위는 물거품과도 같고, 사상과 이념과 종교와 인종과 국경마저도 물거품과도 같다.

사랑의 한탄은 종족의 한탄이고, 사랑의 찬가는 종족의 환호성이다. 사랑은 전제군주이며, 모든 시는 사랑의 찬가라고 할 수가 있다.

양파, 이상, 뜬구름, 무지개, 물거품, 전율, 황홀―.

너무나도 눈부신 하얀 속살, 씹으면 씹을수록 아릿한 전율에 중독된 시인―.

장인무 시인은 「양파」의 시인이며, '사랑의 전도사'라고 할 수가 있다.

김순일
가면

여우 같은 나를 사임당표로 포장한다
돼지 같은 나를 백결표로 포장한다
쥐새끼 같은 나를 황희표로 포장한다
개새끼 같은 나를 성철표로 포장한다
박쥐 같은 나를 이충무공표로 포장한다
뱀 같은 나를 김대건표로 포장한다
고양이 같은 나를 세종표로 포장한다
똥뎅이 같은 나를 천사표로 포장한다

오늘도 광화문 광장에 나가
포장한 나를 진열해 놓고
북치고 나발 불며 한마당 벌인다

우리 한국인들이 일등국가의 일등국민의 목표가 있었다면 어떻게 행동했을까? 첫번째로 전국토에 쓰레기가 하나 없는 나라를 만들었을 것이고, 두 번째로 적은 법률과 적은 규제로 이 세상에서 고소—고발이 가장 없는 나라를 만들었을 것이다. 세 번째로 독서중심 글쓰기 교육을 통해서 해마다 노벨상을 타고 전인류의 스승을 배출해내게 되었을 것이고, 네 번째로 부의 대물림을 반드시 뿌리뽑고 언제, 어느 때나 신분이동이 자유로운 나라를 만들었을 것이다.

　　일등국가의 일등국민이라는 말은 역사 철학적으로 가장 지혜롭고 가장 훌륭한 사람들이라는 것을 뜻하고, 다른 한편, 도덕적으로는 상호간의 믿음이 있고, 언제, 어느 때나 국가와 민족을 위하여 자기 자신을 희생시킬 수가 있다는 것을 뜻한다. 일등국가의 일등국민의 목표 속에는 '나'는 없고 '우리'만 있다. 우리는

'하나'이며, 이 공동체의 의지 속에서만이 내가 있게 되는 것이다. 인간이나 국가는 명예를 위해 살고 명예를 위해 죽어야 한다. 명예라는 말은 공동체 사회가 부여하는 최고급의 훈장과도 같으며, 우리는 모두가 다같이 이 '명예'를 최고급의 영광으로 생각하지 않으면 안 된다.

하지만, 그러나 우리 한국인들은 일등국가의 일등국민의 목표를 상실하고, 오직 자기 자신의 이익을 위하여 전체의 이익을 훼손시켜왔던 것이다. 그 결과, 대통령, 장관, 국회의원, 대학교수, 목사들이 밥 먹듯이 고소-고발을 남발하며, 전세계의 조롱거리로 살아왔던 것이다. 여우 같은 나를 사임당표로 포장하고, 돼지 같은 나를 백결표로 포장하고, 쥐새끼 같은 나를 황희표로 포장한다. 개새끼 같은 나를 성철표로 포장하고, 박쥐 같은 나를 이충무공표로 포장하고, 뱀 같은 나를 김대건표로 포장한다. 뇌물밥, 표절밥, 정쟁밥이 한국산 삼대 진미라고 한다.

오늘도 우리 한국인들은 이 삼대 진미를 더욱더 많이 먹기 위하여, 온갖 천사표 가면을 쓰고 광화문 광장으로 나아가 북치고 장구치고, 나발불며, 한마당 잔치를 벌인다.

어른 아이할 것 없이 수치심을 모른다. 이 지구상에서 소멸하는 것이 더 낫다.

그가 세계적인 학자이며 전인류의 스승인가? 만일 그렇다면 대한민국은 희망이 있다. 전인류의 스승은 오점없는 명예와 영광만을 생각하기 때문이다. 모든 교육의 목표는 전인류의 스승을 배출해내는 것이다.

우리 학자들이여, 나의 이 피맺힌 절규를 알아듣겠는가?

나는 니체철학 전체를 다 필사하며 공부했다. 서울대교수 10%가 니체의『우상의 황혼』한 권만을 제대로 이해했다면 대한민국 미래의 희망이 있다.

미군을 철수시키고 남북통일도 했을 것이다. 학문으로부터 도태된 민족은 미래가 없다.

최서림
시인의 선물

서리 맞고도 매달려있는 홍시는

까치에게 줄 선물이다

내 유일한 사랑만큼이나 붉은

마당귀 아가위나무 열매 역시

어치에게 거저 주는 선물이다

갈매마을에서 세 들어 사는

땅콩만큼 작은 내겐

초겨울 저녁 하늘만한 꿈이 있다

때죽나무 가지 끝에 걸린 감빛 노을을

엽서로 오려 부쳐주고 싶다

돈으로는 살 수도 없는

차이코프스키 협주곡처럼 낮게 깔린 안개,

둘레길에 수북이 쌓인 떡갈나무 잎은

타워팰리스에 사는 친구에게 한 박스 보낼 참이다

앞산의 갈대, 계곡물의 송사리, 이끼 낀 바위, 구절

초와 감국

  모두 값없이 받아 보내줄 게 너무 많다

  하늘과 산과 들판은

  줄 게 많은 나를 가장 사랑한다

시를 쓴다는 것은 공부를 한다는 것이며, 공부를 한다는 것은 앎을 습득하고 그 앎을 자연의 선물처럼 모든 인간들에게 다 나누어 준다는 것이다. 앎은 지혜가 되고, 지혜는 홍시가 된다. 홍시는 까치에게 나누어 줄 선물이 되고, 마당귀 아가위나무 열매는 어치에게 나누어 줄 선물이 된다. "갈매마을에서 세 들어 사는/ 땅콩만큼 작은 내겐/ 초겨울 저녁 하늘만한 꿈이" 있고, "때죽나무 가지 끝에 걸린 감빛 노을"은 "엽서로 오려 부쳐주고 싶다." "돈으로는 살 수도 없는/ 차이코프스키 협주곡처럼 낮게 깔린 안개"와 "둘레길에 수북이 쌓인 떡갈나무 잎은/ 타워팰리스에 사는 친구에게 한 박스" 보내주고 싶고, "앞산의 갈대, 계곡물의 송사리, 이끼 낀 바위, 구절초와 감국" 등, "모두 값없이 받아 보내줄 게 너무 많다."

시인의 지혜는 모두의 선물이 되고, 이 모두의 선물

은 하늘과 산과 들판을 가득 채운다. 최서림 시인은 그의 지혜로 하늘과 산과 들판을 창조하고, 이 하늘과 산과 들판을 통해서 모두에게 줄 「시인의 선물」을 준비해 둔다. 이 세상에서 누가 제일 부자인가? 시인은 이 세상의 최고의 부자인데, 왜냐하면 모든 금은보화로도 살 수 없는 지혜를 가장 많이 소유하고 있기 때문이다. 지혜는 금은보화도 아니며, 그 어떤 축재의 수단도 아닌데, 왜냐하면 지혜는 단 한줌의 털끝도 없이 다 나누어 주는 것이기 때문이다. 지혜는 만인의 공동재산이며, 이 지혜 앞에서는 모두가 다같이 평등하다. 하늘도 지혜의 하늘이고, 산도 지혜의 산이고, 들판도 지혜의 들판이다. 돈으로도 살 수 없는 선물, 즉, 이 자연의 선물을 줄 수 있는 최서림 시인은 최고의 부자이며, 이 세계가 그토록 아름답고 풍요로운 것은 이처럼 시인의 지혜가 있기 때문이다.

  이 세상에서 가장 소중한 것은 지혜이고, 이 지혜를 가진 자만이 지상낙원을 창출해낼 수 있다. 전원사회라는 지상낙원, 산업사회라는 지상낙원, 인터넷 세상이라는 지상낙원, 스마트폰 세상이라는 지상낙원, 인공지능이라는 지상낙원, 공산주의라는 지상낙원, 자본주의라는 지상낙원 등은 우리 인간들이 지혜로 창출해낸 세상이며, 우리 인간들을 더없이 아름답고 풍요로운 세상으로 인도하겠다는 구원의 말씀으로 포장되어 있다.

하지만, 그러나 지상낙원의 길은 멀고 험하고, 이 지혜의 모습이 제대로 드러난 적은 없다. 지혜는 시인의 선물이고, 아낌없이 나누어 주는 것이며, 지혜를 창출해낸 자의 목숨을 필요로 한다. 수많은 모욕과 멸시와 천대를 받더라도 두 눈 하나 껌뻑하지 않고 지혜의 선물을 마련할 수 있는 자만이 위대하고, 또 위대하다. 시인은 자기 자신의 행복의 연주자이며, 언젠가, 어느 때는 그의 노래가 만인들의 행복론이 될 것이다.

이 세상에 최고의 선물은 「시인의 선물」이고, 오늘도, 지금 이 순간에도, 「시인의 선물」이 삼천리 금수강산을 가득 채운다.

나는 너희에게 묻는다. 너희들은 그 무엇을 너의 이웃들에게 아낌없이 나누어 줄 수가 있겠느냐?

내 꿈은 낙천주의 사상으로 세계를 정복하는 것이다. 먼저 남북통일을 이룩하고, 중국과 일본과 미국과 그리고 유럽을 정복하는 것이다.

　낙천주의 사상으로 영원한 대한제국을 건설하는 것
이다.

　세계 일등국가의 길이 눈앞에 있다.

　전인류의 존경과 찬양을 받는 일처럼 쉽고 간단한
일도 없다.

　세계의 고전들을 다 읽고 사상과 이론을 정립하면
된다.

　이 사상의 혁명이 촛불혁명보다 천배나 만배 더 값
진 것이다.

오현정 박금선

신혜진 김종삼

전민호 이복규

최혜옥 정호승

이순희 황인찬

최병근 홍문식

신용목 기　혁

김미연 권혁재

오현정
아찔한 질서

기린이 선채로 2미터 높이에서 새끼를 낳자 야생의
풀밭이 느긋하게 받아 안는다
꼼틀거리는 여린 숨결 못들은 척 어미는 앞발로 걷
어찬다

일어서지 않으면 너도 하이에나의 먹잇감에 지나지
않아

어미는 뒷발로 어린 것을 연방 걷어찬다 일어나 걸
어, 뛰다보면 날고 있을 거야
바람을 거느리고 어미와 새끼가 서로의 눈동자 놓
지 않는다 살아있는 것들의 속살을 베는 자연의 사슬
이 맵다

세렝게티 평원의 구름눈망울은 기하학의 神이다

긴 목을 등에 붙이고 다리를 오그려 깊은 잠에 빠지지 않는다 어미 기린의 선잠은 광활한 들판을 지킨다 낙법은 영역을 지키고 넓히는 모성, 풀씨도 차례를 지켜 발을 구른다

모든 생명은 추락의 명패를 달고 온다

이 세상에서 가장 잘 사는 것은 위험하게 사는 것이며, 이 위험의 강도가 높을수록 '행복의 지수'는 수직상승하게 된다. 가장 어렵고 힘들고 위험하여 어느 누구도 할 수 없는 일을 가장 쉽고 가장 안전하게 해내는 사람이야말로 우리 인간들의 이상적인 전형이며, 전인류의 스승이라고 할 수가 있다. 삶이란 천길의 대협곡에서의 외줄타기이며, 이 외줄타기는 아슬아슬한 공중곡예이며, 모든 예술은 공중곡예에 지나지 않는다. 삶은 죽음과 연결되어 있고, 죽음은 삶과 연결되어 있다. 기쁨은 슬픔과 연결되어 있고, 슬픔은 기쁨과 연결되어 있다. 선은 악과 연결되어 있고, 행복은 불행과 연결되어 있다. 승리는 패배와 연결되어 있고, 천당은 지옥과 연결되어 있다. 오현정 시인의 말대로, 삶은 「아찔한 질서」이며, "모든 생명은 추락의 명패를 달고" 나온다.

삶이란 죽음의 벼랑길로 가는 것이고, 죽음이란 삶

의 벼랑길로 가는 것이다. 지구가 자전과 공전을 되풀이 하듯이, 사계절의 변화와 함께, 시간은 흐르고, 또 흘러 가듯이, "자연의 사슬"은 맵고 그 어느 것 하나 예외가 없다. 건너가는 것도 위험하고, 건너가지 않는 것도 위험하다. 아래를 보는 것도 위험하고, 하늘을 보는 것도 위험하다. 벼랑이 벼랑을 낳고, 벼랑이 벼랑의 꼬리를 물며, 수많은 벼랑들의 절경으로 아름다운 풍경을 이룬다. 위험을 극복하는 최선의 방법은 위험과 함께 살고 호흡하며, 이 위험을 자기 자신의 충복忠僕으로 거느리는 것이다. '나는 승리를 훔치지 않는다'고 알렉산더 대왕도 정공법을 선택했고, '나는 위험의 맏형님이다'라고 줄리어스 시이저도 정공법을 선택했다. 요정 칼립소와의 영생불사의 삶을 거절하고 인간의 삶을 선택했던 오딧세우스도 정공법을 선택했고, '나의 사전에 불가능은 없다'라고 말했던 나폴레옹 황제도 정공법을 선택했다. 살고자 하면 죽고, 죽기를 각오하면 산다. 두 눈을 부릅뜨고 전진하고, 또, 전진해야지, 싸워보기도 전에 뒷모습을 보여서는 안 된다.

우리는 죽어갈 수가 있어서 행복하고, 임전무퇴와 천하무적의 정신으로 태어난 후손들이 있어서 더없이 행복하다. 어미 기린은 선채로 2미터의 높이에서 새끼를 낳지만, 그 새끼의 "여린 숨결은 못 들은 척" 앞발로 걷어찬다. 어미 기린이 진정으로 새끼를 사랑하는 것은 아슬아슬한 공중곡예를 가르치는 것이며, 그 어떤 하이에나와 사자보다도 더 빨리 뛰고, 더 높이 날아오르는 임전무퇴와 천하무적의 정신을 가르치는 것이다. 충분히 강해야 하고, 총명한 두뇌와 삶의 지혜가 있어야 하고, 그 어떤 위험도 두려워하지 않아야 하고, 궁극적으로는 위험과 죽음의 신을 충복忠僕으로 거느릴 줄 알아야 한다. 자연의 법칙은 약육강식의 법칙이고, 약육강식의 법칙은 예술의 법칙이다. 어미 기린은 사자가 되고, 사자는 하이에나가 된다. 하이에나는 죽음의 신이 되고, 죽음의 신은 어미 기린의 충복이 된다. 힘, 힘, 힘, 모든 삶은 힘의 예술이며, 몸과 마음에 군더더기가 하나도 없어야 한다.

어미 기린은 뒷발로 어린 새끼를 연신 걷어차고, 어린 새끼는 "일어나 걸어, 뛰다보면 날고 있을 거야"라는 어미의 가르침을 배워야 한다. 어미와 새끼가 서로의 눈동자를 놓치지 않고, "살아있는 것들의 속살을 베는 자연의 사슬"은 맵기만 하다. 어미 기린은 "긴 목을 등에 붙이고 다리를 오그려 깊은 잠에 빠지지" 않으며, "어미 기린의 선잠은 광활한 들판을 지킨다." 임전무퇴와 천하무적의 정신은 낙법이 되고, 낙법은 영역을 지키고 넓히는 최고급의 비법이 된다. 세렝게티 평원의 구름눈망울은 어미 기린의 눈망울이 되고, 어미기린의 눈망울은 종의 건강과 종의 행복을 연출해내는 '기하학의 神'의 눈망울과도 같다.

오현정 시인의 「아찔한 질서」는 세밀화가의 그것처럼 섬세하고, 이 섬세함을 토대로 '아찔한 질서'를 역사 철학적으로 구축하고, 그리고, 이 「아찔한 질서」를 가장 아름답고 역동적인 생명의 질서로 승화시켜 놓는다. 모든 생명체들과 모든 기린들과 우리 인간들이 쇠퇴하지 않고 그 건강을 유지하고 있는 것은 이러한 어미들과 전인류의 스승인 시인들이 있기 때문이라고 할수가 있다. 시인은 온몸으로, 온몸으로 뼈를 깎듯이 시를 쓰지만, 이 잔인함을 통해서 끊임없이 우리 인간들의 삶을 찬양하고 미화시킨다.

모든 시인들은 어린 아이와 어린 학생들과 모든 인간들의 엉덩이를 걷어찰 줄을 알아야 한다. 외부의 적과 내부의 적, 또는 사자와 하이에나의 밥이 되지 않으려면 더없이 날렵해야 하고, 최고급의 낙법(지혜)을 익혀야 하고, 추락(위험)을 사랑함으로써 더욱더 높이 날아오를 줄을 알아야 한다. 아슬아슬한 묘기와 공중곡예만이 아름답고, 이 공중곡예사(시인)만이 행복을 향유할 수가 있다.

오현정 시인의 「아찔한 질서」는 삶의 질서이고, 이 삶의 질서는 예술의 질서이다. 이 세상에서 가장 아름다운 것은 천길의 벼랑끝(대협곡)이고, 오현정 시인은 천하 제일의 공중곡예사이며, 이 세상의 삶의 최고의 찬양자라고 할 수가 있다.

오오, 오늘도, 지금 이 순간에도, 아슬아슬한 언어의 공중곡예를 펼쳐보이는 오현정 시인이여!

오오, 시인 중의 시인인 오현정 시인이여!

박금선
도마

한 때 나의 몸은 나무로 시작되었지만

다 옛 얘기가 되어버렸어

칼을 받아들이는 일

내리치는 힘을 받아 안았으므로

내 등은 하루도 성할 날이 없었지

칼자국이 선명한 내 허리와 배

생선을 자르다가

고추를 다지다가

나무는 점점 홈이 드러났지

세상에 폭력들은 다 받아들인 것처럼

상처투성이가 되었지만

긴 날들을 인내하며 살았지

어느새 내 몸은 달라졌어

내리쳐도 잘라내도

그렇게 상처가 보이지 않게 되었어

그 칼집들이 다 어디로 숨어들었는지 말이야

어쩌면 마음을 고쳐먹은 거지

세월 앞에서는

누구나 변해가고

자기를 스스로 바라보는 눈이 생기나 봐

많은 것들을 포기하고

제 몸을 들여다 볼 줄도 알게 되지

나는 이제 나이테도 보이지 않는

특수한 재질로 만들어 졌지

근데 아직 나의 이름은 여전히

도마야

밥을 할 때 칼질을 받아주고

내리치는 칼날을 스스럼없이 껴안고

죽을 때까지 수십 번 몸을 바꾸어도

나의 짝은 오직 빛나는 칼날이야

아리스토텔레스는 '노예를 생명있는 도구로, 도구를 생명없는 노예'라고 말한 바가 있다. 도구란 그 어떤 목적을 위해 사용되다가 수명을 다하면 버리게 되는 물건에 지나지 않으며, 따라서 '생명있는 도구인 노예'란 주인의 맘대로 일회용 소모품처럼 사용하다가 버리면 되는 그런 물건에 지나지 않았던 것이다.

　인간이란 도구를 사용할 줄 아는 동물이며, 이 도구를 통해서 그 어떤 동물도 제압할 수 있는 만물의 영장이 되었다고 할 수가 있다. 인간은 주인이 되고, 도구는 노예가 된다. '인간으로 태어나느냐, 노예로 태어나느냐'에 따라서 그의 운명이 결정되지만, 박금선 시인의 「도마」를 읽어보면, 도구 중에서도 최하 천민의 물건인 '도마'가 되지 않는 것은 천만다행이라고 할 수가 있을 정도이다. 도마란 식칼로 음식재료를 썰거나 다질 때 쓰는 칼판이며, 수없이 "칼을 받아들이는 일"이 그 임무인 도구라고 할 수가 있다.

도마, 옛날의 나무도마는 "칼자국이 선명한 내 허리와 배/ 생선을 자르다가/ 고추를 다지다가/ 나무는 점점 홈이 드러났지/ 세상에 폭력들은 다 받아들인 것처럼/ 상처투성이가 되었지만", 이제는 나무도마에서 더욱더 특수한 재질인 플라스틱 도마로 바뀌게 되었다. "어느새 내 몸은 달라졌어/ 내리쳐도 잘라내도/ 그렇게 상처가 보이지 않게 되었어", "나는 이제 나이테도 보이지 않는/ 특수한 재질로 만들어 졌지"라는 시구들이 그것을 말해준다.

하지만, 그러나 어떻게, 왜, 무엇 때문에 그처럼 사납고 무서운 칼날을 다 받아들이는 도마로 태어나게 된 것일까? 칼이 수많은 생명들의 목숨을 빼앗는 도구라면, 도마는 그 목숨들을 요리하는 도구인 동시에 칼의 범행을 완성해주는 공범자라고 할 수가 있다. 칼은 생명을 빼앗고 또 빼앗는 흉기이자 주범이 되고, 도마는 칼의 범죄를 완성해주는 흉기이자 공범이 된다. 칼이 남자라면 도마는 여자이고, 이 암수 한쌍에 의하여 우리 인간들의 요리문화는 예술의 결정체가 된다.

밥을 할 때 칼질을 받아주고

내리치는 칼날을 스스럼없이 껴안고

죽을 때까지 수십 번 몸을 바꾸어도

나의 짝은 오직 빛나는 칼날이야

모든 요리문화는 잔혹극이며, 이 생명을 빼앗는 잔혹극이 삶의 예술로서 꽃을 피운다. 칼은 우리 인간들의 공격본능이 되고, 도마는 모든 폭력을 다 받아들이는 방어본능이 된다. 이 공격본능과 방어본능이 균형을 이룰 때, 삶의 예술로서의 요리문화는 꽃 피어난다.

박금선 시인의 「도마」는 도마의 역사 철학적인 의미를 천착해낸 시이며, 도마의 처절함과 끔찍함을 더없이 새롭고 충격적인 언어로 전해주고 있다고 할 수가 있다. 모든 문화는 손에 피 묻히는 것을 좋아하고, 도마는 일도필살一刀必殺의 잔혹극이 펼쳐지는 무대라고 할 수가 있다.

도마는 무대이고, 더없이 성스러운 잔혹극의 무대이다.

신혜진
절벽

한낮의 무료 가로지르던 나방 한 마리가
책상 위로 떨어진다
무심코 휴지 뽑아 드는데
반짝, 멎었던 숨이 돌아와 버둥거리기 시작한다
버둥거릴수록 사납게 뒤집히는 날개
뒤집힌 날개 위에서 핑그르르 지구가 돈다

놀란 손을 거두자
실 끊어진 연처럼 날개가 솟구친다
좁쌀만 한 날개에 얹혀 솟구치던 세상이
두어 뼘 전방의 벽을 부딪고 떨어진다

어제 같고 그제 같던 오늘이 소스라친다
솟구친 속도만큼 추락이 깊다
내겐 팔만 뻗으면 닿을 높이가

그에겐 시퍼런 절벽이 되는 것을 본다

책상 위로
다시 무료가 내린다
잠시 허공을 반짝인 불빛 한줌이
그의 절벽 아래서 쉰다

탄생은 죽음의 첫걸음이라는 말도 있지만, 살아 있는 자는 살아 있음으로 죽음을 몹시 두려워한다. 왜냐하면 죽음은 삶의 끝이고, 죽음 뒤에는 그 어떤 삶의 즐거움도 보장되어 있지 않기 때문이다. 이 죽음의 공포를 다스리려고 수많은 신전과 사원을 짓고, 다른 한편으로는 그토록 열심히 운동을 하며 온갖 불로초를 다 찾아 먹는다.

하지만, 그러나 죽음은 또다른 삶의 시작이며, 이 자연의 질서에 의하여 만물의 역사는 그 발걸음을 멈추지 않는다. 신혜진 시인의 「절벽」은 생존의 벼랑끝이며, 모든 생명체가 가장 두렵고 무서워하는 장소라고 할 수가 있다. 신혜진 시인의 「절벽」은 '시퍼런 절벽'이며, 절벽이 절벽으로서 가장 장엄하고 웅장하게 그 모습을 드러낸다. 기껏해야 "두어 뼘 전방의 벽"이지만, 자그만 나방에게는 아이거 북벽의 절벽과도 같다. 버둥거릴수록 날개는 사납게 뒤집히고, 그 뒤집힌 날개에서 지구가 핑그르르 돈다. "어제 같고 그제 같던 오늘이 소스라"치고, 솟구친 속도만큼 추락이 깊다.

신혜진 시인에게는 팔만 뻗으면 닿을 높이가 자그만 나방에게는 아이거 북벽의 절벽과도 같고, 그 시퍼런 절벽의 공포는 지구마저도 핑그르르 돌게 만든다. 절벽은 공포 자체이며, 절벽은 형체가 없다. 절벽은 제멋대로 자라오르고, 절벽은 제멋대로 솟구치지만, 모든 생명체는 이 죽음의 공포 앞에서 파르르 떤다. 지구도, 우주도 파르르 떨고, 이 파르르 떠는 힘에 의해서 절벽은 다시 영원한 삶을 산다.

신혜진 시인의 「절벽」을 절벽이게 하는 것은 "버둥거릴수록 사납게 뒤집히는 날개/ 뒤집힌 날개 위에서 핑그르르 지구가 돈다", "좁쌀만 한 날개에 얹혀 솟구치던 세상이/ 두어 뼘 전방의 벽을 부딪고 떨어진다", "내겐 팔만 뻗으면 닿을 높이가/ 그에겐 시퍼런 절벽이 되는 것을 본다"와도 같은 명구들이며, 이 명구들과 함께, 그의 인식의 깊이가 또다른 고산영봉들을 이루고 있는 것이다.

철학의 깊이, 심리학의 깊이, 리얼리즘의 현장성과

역동성, 그리고 풍자와 해학의 깊이가 「절벽」의 고산영봉들로 우뚝우뚝 솟아오른다.

죽음은 무섭고, 삶은 무료하다. 죽음은 절벽 앞에 서는 것이고, 삶은 다만 심심하고 지루할 뿐이다.

김종삼

묵화墨畵

물먹는 소 목덜미에
할머니 손이 얹혀졌다.
이 하루도
함께 지났다고,
서로 발잔등이 부었다고,
서로 적막하다고,

가스통 바슐라르는 그의 『몽상의 시학』에서 "유년시절은 일생내내 계속된다"라고 말한 바가 있다. 할머니와 할아버지와 아버지와 어머니의 보호 아래 있고, 모든 사랑을 독차지 하고 있는 유년시절은 가장 행복한 시절이며, 이 세계와의 불화를 알 리가 없는 시절이라고 할 수가 있다.

이 세계는 무한히 넓고, 모든 것이 가능하다. 인간과 사물의 차별도 없고, 인간과 인간의 차별도 없다. 인간과 짐승의 차별도 없고, 그 어떤 전통과 문화의 차별도 없다. 시 속에 삶이 녹아들고, 삶 속에, 아니, 삶의 행복 속에 모두가 다같이 하나—만물일여 물아일체萬物一如 物我一體—가 된다. "물먹는 소 목덜미에/ 할머니 손이 얹혀졌다/ 이 하루도/ 함께 지났다고/ 서로 발잔등이 부었다고/ 서로 적막하다고." 하루살이의 노동의 고단함마저도 크나큰 행복이 되고, 서로가 적막하고 서로가 서로의 발잔등이 부었다는 것만으로도 무한한 위로와 연대가 되는 행복이 김종삼 시인의 「묵화墨畵」의 세계라고 할 수가 있다.

시인은 우주의 건축사이며, 행복의 전도사이다. 소는 할머니의 아들이 되고, 시인은 할머니의 손자가 된다. 물먹는 소 목덜미에 할머니의 손이 얹혀지는 순간 행복이 활짝 꽃 피어나고, 「묵화墨畵」라는 아름답고 멋진 신세계가 그 모든 고통의 흔적들을 다 지워버리고 활짝 펼쳐진다.

유년시절은 행복의 절정이며, 행복의 절정은 영원히 계속된다.

김종삼 시인의 「묵화墨畵」는 인간과 소와 시인이 하나가 된, '시적 동양화의 극치'라고 할 수가 있다.

전민호
해탈

속
썩으면
진다고

근심걱정
내려놓으니

아침
새소리가
들린다

사시사철 기후가 온화하고 비옥한 땅에 살고 있으면 사람의 마음씨가 자연친화적이 되고, 일년내내 기후가 나쁘고 척박한 땅에 살고 있으면 사람의 마음씨가 사나워진다. 풍년이 들면 인심이 좋아지고, 흉년이 들면 인심이 사나워진다. 인심의 좋고 나쁨은 그가 살고 있는 풍토와 기후와 환경에 의해서 결정되며, 제 아무리 좋은 기후와 비옥한 땅에 살고 있을지라도 생존경쟁이 치열해지면 그 고장의 인심은 사나워진다.

만악의 근원은 탐욕이며, 이 탐욕은 우리 인간들의 근심과 걱정의 진원지라고 할 수가 있다. '탐욕의 사회학'은 생존경쟁에 토대를 두고 있지만, 산다는 것은 자기 자신과 가족들의 근거를 마련하고, 자연스럽게 먹이활동을 한다는 것이다. 먹이활동이 대부분의 동물들처럼 최소한도의 생존에만 그쳐 있다면 그는 부유하게 살게 되지만, 이 먹이활동이 더 큰 부의 축적에 기초해 있다면 그는 돈을 벌면서 더욱더 가난하게 살게 된다. 대부분의 동물들은 현재에 만족하며 현재를 즐기지만, 우리 인간들은 끊임없이 미래라는 가상의 세계를 상정하며 더욱더 돈 많은 거지처럼 살아간다. 인간은 동물만큼 행복하게 살지 못하는데, 왜냐하면 그는 반생물학적이며, 반이성적인 탐욕의 화신이기 때문이다.

인간은 자연과 생태환경파괴의 주범이며, 그 어떤 악마보다도 더 사악한 탐욕의 화신이라고 할 수가 있다. 돈은 탐욕, 즉, 근심걱정의 진원지이며, 돈을 벌면 벌수록 더욱더 가난하게 산다. 고급승용차도 있어야 하고, 대저택도 있어야 한다. 호화수영장도 있어야 하고, 자가용 비행기도 있어야 한다. 상가와 호텔도 있어야 하고, 해마다 수 천억씩, 수 조원씩 수익이 나는 우량주들도 가지고 있어야 한다. 탐욕이 탐욕을 부르고, 이 탐욕이 있는 한 그는 더욱더 가난하게 살며, 타인의 피를 빨아먹고 사는 흡혈귀처럼 자기 자신의 근심과 걱정 속에서 빠져나올 수가 없다.

해탈이란 모든 욕망에서 벗어나는 것이며, 자기 자신이 자기 자신의 운명의 주인공이 되고, 그 자유로운 삶을 행복으로 연주해나가는 것을 말한다. 해탈이란 득도의 경지를 말하고, 득도란 입신入神의 경지를 말한다. 돈에 대한 욕심도 버리고, 명예에 대한 욕심도 버리고, 권력에 대한 욕심을 버릴 때만이 "근심걱정"이 사라지고, "아침/ 새소리가" 들리게 되는 것이다.

정치인은 '무보수 명예직'의 길을 가야 하고, 시인은 사유재산제도와 화폐제도를 비판하는 '무위자연의 삶'을 살아야 하고, 모든 부자들은 부의 대물림을 거절하고 임종시 전재산을 사회에 환원해야 한다.

속 썩으면 건강을 해치고, 모든 근심과 걱정을 내려놓으면 만물이 행복해진다. 전민호 시인은 '무위자연의 철학자'이며, '해탈의 전도사'라고 할 수가 있다.

이복규
백제는 쓸쓸하다

하루 종일 컴퓨터 바둑이 유일한 낙인 여든이 넘으신 장인

여든이 넘었다는 말에는 언제나 죽음의 냄새가 난다

중학교 수학여행 때 처음 들어갔던 백제 무녕왕릉은 죽음의 무섭고도 화려한 빛이 가슴을 찔렀다

부여가 고향인 장인어른의 바둑판에는 언제나 마지막일지 모르는 사석이 누워있다

폐렴이 스치고 간 장인의 깊은 기침소리는 백제의 쓸쓸함이 담겨 있다

장인의 눈빛에는 인생의 무의미함이 언제나 있었지

만 결코 나에게 말씀하시지 않았다

　장모님은 언제나 기도로 그 답을 대신했다

　추풍령 처갓집을 다녀오는 날은 어김없이 바람이 따라와 등을 돌렸다

　불을 끄고 누우면 아내의 깊은 숨소리가 들려왔다

　강물은 스스로 깊어지고 나무는 스스로 꽃을 피운다

　다시 돌아오지 않을 수 있는 봄 그림자가 우리 언저리에서 행복이 불행을 불행이 행복을 거울처럼 비추고 있었다

　그러다가 또 꽃봉오리가 맺혔다

신라, 고구려, 백제 중, 백제는 '나당연합군'에 의하여 제일 먼저 멸망하였고, 이 백제의 혼과 역사는 아직도 찬란한 문화유산으로 남아있다고 할 수가 있다. 이복규 시인의 「백제는 쓸쓸하다」는 그 옛날의 백제의 역사와 백제, 즉, 고향을 떠나와 타향에서 죽음을 맞이하고 있는 장인어른의 삶을 대비시키면서 '인생의 무상함'을 노래한 수작이라고 할 수가 있다.

"하루 종일 컴퓨터 바둑이 유일한 낙인" 장인어른은 여든이 넘으셨고, 이 여든이 넘으셨다라는 말에는 언제, 어느 때나 죽음의 냄새가 배어 있다. "폐렴이 스치고 간 장인의 깊은 기침소리"에는 "백제의 쓸쓸함이 담겨" 있고, "부여가 고향인 장인어른의 바둑판에는 언제나 마지막일지도 모르는 사석이 누워"있다. 백제의 쓸쓸함은 망국과 죽음과 삶의 쓸쓸함을 뜻하고, 따라서 "마지막일지도 모르는 사석이 누워 있다"는 것은 도

저히 승산이 없고 불가능한 싸움에서, 임전무퇴의 정
신으로 산화해간 '계백의 정신'(백제의 정신)이 들어 있
다는 것을 뜻한다.

이복규 시인의 「백제는 쓸쓸하다」는 백제와 나당연
합군과의 싸움, 나라와 고향을 잃은 장인어른과 동시
대와의 싸움, 오랫동안 폐렴을 앓은 장인어른과 죽음
과의 싸움 등이 겹쳐져 있으며, 이미 패배가 예정되어
있고, 반전의 역사를 쓸 수 없는 '인생의 무상함'이 너
무나도 허무하고 쓸쓸하게 배어 있다고 하지 않을 수
가 없다. "불을 끄고 누우면 아내의 깊은 숨소리가 들
려"왔고, "강물은 스스로 깊어지고 나무는 스스로 꽃
을 피운다." 모든 것은 가고, 모든 것은 되돌아오며,
행복은 불행을, 불행은 행복을 언제, 어느 때나 되비
추고 있었다.

하지만, 그러나 여든이 넘으신 장인어른은 그 사석
작전에도 불구하고 대반전의 주인공이 될 수는 없을 것
이고, 장인어른과의 인연을 맺은 장모님과 아내의 깊
은 한숨 소리마저도 '인생무상함'의 쓸쓸함을 어찌 할
수는 없을 것이다.

이 세상에서 나라 잃은 백성처럼, 고향 잃은 인간처

럼, 또는 어디서 왔다가 어디로 가는지도 모르는 인간
처럼 쓸쓸한 인간이 있을까? 나라 잃은 백성의 쓸쓸함,
고향 잃은 인간의 쓸쓸함, 어디서 왔다가 어디로 가는
지도 모르는 인간의 쓸쓸함, 이 세 가지의 쓸쓸함이 이
복규 시인의 「백제는 쓸쓸하다」에는 맑고 투명한 눈물
처럼 맺혀 있다.

쓸쓸함이 깊고, 쓸쓸함이 쓸쓸함으로 흐르며, 쓸쓸
함이 쓸쓸함을 몰고 쓸쓸함으로 사라져 간다.

우리는 누구이며, 어디서 왔다가 어디로 가는가?

먼지로 왔다가 먼지로 되돌아가는가?

머나 먼 별나라에서 왔다가 머나 먼 별나라로 사라
져 가는가?

최혜옥

블랙 스완

네온 길을 걷다가 색깔을 잃었어
속도를 따라잡다 말을 잃었지
두 팔 어긋 뻗어 부호를 만들고
눈맞춤 떼지 않고 신호를 보냈지만
아무도 믿지를 않아

사랑은
할 때마다 매번 첫사랑
그래서 늘 어리석지

세기에 한 번 있을까 말까한
뜻밖의 일, 블랙 스완
어둠이 쏟아지는 불꽃을 삼키며
하얗게 웃네
날개를 접고 접네

아니야,

아니야,

아니야가 아니야

눈을 감기 위해 웃지

빛에 탄 말들이 검은 깃털로 나부끼고

목이 쉬도록 나팔을 불어도 듣지를 않아

통념이 우거진 콘크리트 밀림 속

회색코뿔소는 다시 덩치를 키우네

아니어도 아닌 게 아닌

블랙 스완, 세기에 한 번 있을까 말까한

사랑은

할 때마다 매번 첫사랑

또 다시 눈이 멀지

블랙 스완Black Swan이란 예외적이고 전혀 가능성이 없어 보이는 일이 실제로 일어났을 때 그 사건을 부르는 용어라고 한다. 지난 17세기 말까지 유럽 사람들은 '모든 백조는 희다'라고 생각해왔지만, 그러나 18세기에 오스트레일리아 남부지방에서 '흑고니'가 발견되면서 일반적인 통념이 깨어지는 우주적—생물학적 충격 때문에 그 용어가 탄생되었다고 한다.

하지만, 그러나 오늘날에는 "세기에 한 번 있을까 말까한/ 뜻밖의 일"이 날이면 날마다 일어나고 있는데, 왜냐하면 자연과학의 발달로 말미암아 날이면 날마다 새로운 사건과 사고들이 일어나고 있기 때문이다. 사스와 메르스와 코로나와도 같은 바이러스에 의해서 전 지구촌이 공포에 떨기도 하고, 인공지능이 천재지변이라도 일으키 듯이 세계적인 바둑황제를 침몰시키기도 한다. 중국이나 미국이 기침을 하면 전 세계의 주식시장이 폭락을 하기도 하고, IT산업의 발달로 제조업이 붕괴를 하고 수많은 실업자들이 길거리로 쫓겨나기도 한다.

　우리 인간들은 최혜옥 시인처럼 "사랑은/ 할 때마다 매번 첫사랑"이라고 새로운 꿈과 믿음을 갖고 출발하지만, 그 낭만적 사랑은 그러나 여지없이 깨어져 버린다. "네온 길을 걷다가 색깔을" 잃고, "속도를 따라잡다 말을" 잃고, "두 팔을 어긋 뻗어 부호를 만들고" "아니야/ 아니야/ 아니야가 아니야"라고, "눈맞춤 떼지 않고 신호를 보냈지만" 어느 누구도 믿지를 않는다. 여자는 남자에게 뒤통수를 맞고, 제자는 스승에게 뒤통수를 맞는다. 예수는 목사에게 뒤통수를 맞고, 자본가는 우량주에게 뒤통수를 맞는다. 백화점은 전자상거래에게 뒤통수를 맞고, 소문난 맛집은 배달음식에게 뒤통수를 맞는다. 일자리를 잃어버린 청년들은 기생충에게 영혼을 팔고, 대기업의 사원들은 '최후의 면담'에게 노예적인 복종 태도를 지닌다.

　모든 사건과 사고들은 예외없이 일어나고, 그때마다 새로운 신세계가 혁명의 깃발을 나붓끼며 펼쳐진다. "사랑은/ 할 때마다 매번 첫사랑"이지만, 그때마다 「블랙 스완」이 "어둠이 쏟아지는 불꽃을 삼키며/ 하얗게" 웃는다. 최혜옥 시인의 「블랙 스완」은 "회색코뿔소"이 며, "통념이 우거진 콘크리트 밀림 속"에 산다. 회색코 뿔소는 힘이 세고, 그 고집만으로도 모든 믿음을 불신 으로 전도시키며, 모든 불가능을 가능케 한다. 회색코 뿔소는 '아니야'가 되고, 어느 시인이 "아니야/ 아니야/ 아니야가 아니야"라고 제아무리 아우성을 쳐대도 「블 랙 스완」은 너무나도 거대하고 크나 큰 회색코뿔소의 밀림(콘크리트 밀림)을 넓혀 나간다.

오늘도, 내일도, 모레도, 이 세계의 종말이 다가올 그날까지, "세기에 한 번 있을까 말까한" 「블랙 스완」 은 날이면 날마다 일어난다.

「블랙 스완」은 공포영화이며, 이 세상을 산다는 것은 공포영화의 주인공이 된다는 것이다.

사랑은 할 때마다 매번 첫 사랑이라는 기적, 세기에 한 번 있을까 말까한 일이 날마다 일어나는 기적, "아 니야/ 아니야/ 아니야가 아니야"라는 기적, 색깔을 잃 고 말을 잃은 자의 기적, 어리석고 눈 먼 첫사랑을 연출 해낸 자의 기적, 블랙 스완을 콘크리트 밀림 속의 회색코뿔소로 탄생시킨 기적, 날이면 날마다 일어나는 혁명은 혁명이 아니라는 시적 혁명의 기적—.

모든 새로운 앎(지식)은 기적이며, 모든 시인은 혁명가이다.

인간 존재에 대한 사랑, 즉, 낭만적 사랑을 '블랙 스완'으로 무화시키고, '블랙 스완'을 고집불통의 회색코뿔소로 희화화시키면서도 늘 어리석고 눈 먼 첫사랑을 찾아나서는 최혜옥 시인은 이 시대의 최고의 연인이라고 할 수가 있다.

깊이 있는 사유, 반어법과 풍자와 해학, 그러나 그 무겁고 날카롭고 거친 사유의 덩어리들을 마치, 솜사탕처럼 부드럽고 달콤하게 녹여 '프리마돈나'처럼 노래할 수 있는 능력은 어느 누구에게나 있는 것이 아니다.

천상천하 유아독존天上天下 唯我獨尊—. 최혜옥 시인은 영원한 첫사랑의 연출자이다.

정호승
지옥은 천국이다

지옥은 천국이다
지옥에도 꽃밭이 있고
깊은 산에 비도 내리고
새들이 날고
지옥에도 사랑이 있다

나 이 세상 사는 동안
아무도 나를 데려가지 않아도
반드시 지옥을 찾아갈 것이다

지옥에서 쫓겨나도
다시 찾아갈 것이다
당신을 만나
사랑할 것이다

시란 일상적 언어에 '조직적 폭력'을 가한 것이라는 말이 있지만, 그러나 시는 일상적 언어에 조직적인 폭력을 가한 것이 아니라 일상적 언어를 통해서 새로운 세계를 창조해낸 것이다. 창조는 파괴 행위이며, 이 파괴 행위가 없다면 그 어떠한 새로운 세계도 탄생하지 않게 될 것이다. 시인은 신성모독자이며, 그는 신성모독을 통해서 기존의 전통과 역사를 부정하고, 그 모든 것을 재창조해 놓게 된다.

정호승 시인의 「지옥은 천국이다」라는 시가 그것인데, 그는 이 시를 통해서 기독교와 불교, 유태교와 힌두교, 그리고 동서양의 전통과 역사, 즉, 지옥과 천국이라는 개념 자체를 부정하고 전면적으로 전도시키게 된다. 물론, 그 옛날부터 무신론이 존재했고, 오늘날의 현대문명은 신이 존재하지 않는다는 너무나도 완벽한 진리 위에 기초해 있다고 할 수가 있다. 신도 없고, 영혼도 없다. 천국도 없고, 지옥도 없다. 정호승 시인의 이 도발적이고 너무나도 과감한 폭탄선언은 십자가에 못 박히는 고통과 형벌은커녕, 그 어떠한 대가도 지불하지 않는 말장난일 수도 있다.

하지만, 그러나 아직도 우리 인간들의 일반적인 상식과 통념에는 '천국은 이상낙원'이고, '지옥은 디스토피아, 즉, 고통의 왕국'이라는 인식이 각인되어 있는 것이다. 천국은 모든 것이 가능하고 어느 것 하나 부족한 것이 없는 세계이고, 지옥은 모든 것이 부족하고 어느 것 하나 가능하지 않은 세계이다. 대부분의 인간들이 자나깨나 천국을 소망하고 있는데 반하여, 그러나 정호승 시인은 "지옥은 천국이다/ 지옥에도 꽃밭이 있고/ 깊은 산에 비도 내리고/ 새들이 날고/ 지옥에도 사랑이 있다"라고 역설하며, "나 이 세상 사는 동안/ 아무도 나를 데려가지 않아도/ 반드시 지옥을 찾아갈 것이다// 지옥에서 쫓겨나도/ 다시 찾아갈 것이다/ 당신을 만나/ 사랑할 것이다"라고 노래를 하게 된다.

그렇다. 지옥은 천국이다. 지옥은 최초의 시인이자 최후의 시인인 호머가 잠 들어 있는 곳이고, 십자가에 못 박힌 예수가 살고 있는 곳이다. 모든 욕망과 집착을 다 버린 부처가 살고 있는 곳이고, 도덕군자들인 맹자와 공자가 살고 있는 곳이다.

오늘도, 지금 이 순간에도, 익시온이 수레바퀴를 돌리고, 시지프스가 바윗돌을 들어 올리고, 이상과 김수영과 정호승 시인이 사랑의 찬가를 부른다.

만일, 지옥이 천국이 아니라면 어떻게 당신을 만나 사랑을 하고, 아이를 낳고, 이 아름답고 풍요로운 삶이 가능하겠는가?

지옥은 아름답고, 지옥은 영원하고, 지옥은 우리 시인들의 이상적인 천국이다.

이순희

대기실

— 요양원

장수시대 백세시대를 맞아
간이역 대합실처럼 이곳은 넘쳐난다

초점 없는 눈동자
헛소리 흘리는 입들
그들은 서로를 의식하지 않는다
그러다가도 가족이라는 이름을 달고 오는 자가 있
으면
애원의 눈빛으로 호소를 한다
이곳을 벗어나게 해 달라고

그들은 이제 집으로 가지 못한다
스스로는 아무 것도 못한다
숨만 겨우 붙어 있다
그 숨 모질고 모질어

아무도 끊어내질 못한다
죽음의 기차가 와서 태우고 가는 날만 기다릴 뿐이다

잠시 들렸다 나오는 요양원 현관엔
주인모를 신발이 가득하다
죽음의 기차엔 신발을 신고 타지 않는데도 말이다

기차가 빨리 도착하여
그들을 영원한 안식의 집으로 데려다 주기를 바라
면서
나는
신발을 찾아 신었다

명예와 생명은 하나이며, 명예를 위해 살고 명예를 위해 죽은 사람을 우리는 성자라고 부른다. 자기 자신을 희생시켜 타인들과 이웃들을 돕고, 그 어떠한 불의와도 타협하지 않은 성자들이 있기 때문에, 우리 인간들은 수많은 재난들과 불행들이 닥쳐와도 그것을 극복해내며 역사를 발전시켜 왔던 것이다.

사는 법을 배우는 것은 죽는 법을 배우는 것이며, 죽는 법을 배우는 것은 사는 법을 배우는 것이다. 왜냐하면 삶은 죽음의 완성이고, 죽음은 삶의 완성이기 때문이다. 삶이 죽음의 완성이고, 죽음이 삶의 완성이라면 인간의 삶과 죽음에는 그 어떠한 오점(불명예)이나 군더더기가 있어서는 안 된다. 가지 말아야 할 길은 가지 말아야 하고, 하지 말아야 할 일은 하지 말아야 하고, 자기 자신의 일이 아닌 전체의 일을 위해서라면 단 하나뿐인 목숨까지도 서슴없이 내던질 줄을 알아야만 한다. 명예를 위해 살고 명예를 위해 죽은 사람은 언제, 어느 때나 비굴한 굴종을 모르고 자기 자신의 목숨을 한 줌의 티끌이나 먼지처럼 생각하게 된다. 천하의 넓은 땅 위에 살고, 천하의 옳은 일을 행하며, 천하의 대로를 걷는다. 뜻을 얻으면 백성과 함께 실천하고, 뜻을 얻지 못하면 나 혼자 그것을 실천한다는 성인군자, 즉, 맹자의 말씀은 전인류의 진리라고 할 수가 있다.

하지만, 그러나 오늘날의 우리 인간들처럼 어리석고 우스꽝스러운 광대는 더 이상 없을 것이다. 그토록 오랜 시간, 즉, 지난 수천 년 동안 삶과 죽음, 또는 행복과 불행을 공부하고도 그 어떠한 진리도 안출해내지 못했다. 자연과학과 인문과학 등, 모든 학문은 객관적이고 합리적이며 무모순적인 진리를 추구하지만, 그러나 이 참된 진리를 아는 사람이 단 한 명도 없다. 만물은 태어나면 이윽고 죽는다. 이 세상에 태어나 아이를 낳고 키우며, 그리고 손자를 얻고 이빨이 빠지면 죽을 때가 된 것이다. 인생 60이라면 모든 것을 다 이룬 나이이며, 수많은 자식들과 손자들이 지켜보는 가운데 진짜 이별이 가능한 죽음을 죽을 수가 있었던 것이다. 죽는 자는 만인들의 축복 속에 자기 자신의 삶을 완성하

고, 살아 있는 자는 그 죽음의 완성으로서 자기 자신의
삶을 이어 나간다. 하지만, 그러나 오늘날의 우리 인간
들은 살아야 할 때와 죽어야 할 때를 모르고, 무엇이 행
복이고 불행인지도 모른다. 오직 죽음이 없는 삶, 즉,
영원한 삶만을 추구한 결과가, '장수시대 백세시대'의
'유령사회'를 연출해낸 것이다.

　　장수시대 백세시대를 맞아
　　간이역 대합실처럼 이곳은 넘쳐난다

　　초점 없는 눈동자
　　헛소리 흘리는 입들
　　그들은 서로를 의식하지 않는다
　　그러다가도 가족이라는 이름을 달고 오는 자가 있으면
　　애원의 눈빛으로 호소를 한다
　　이곳을 벗어나게 해 달라고

　　그들은 이제 집으로 가지 못한다
　　스스로는 아무 것도 못한다
　　숨만 겨우 붙어 있다

그 숨 모질고 모질어

아무도 끊어내질 못한다

죽음의 기차가 와서 태우고 가는 날만 기다릴 뿐이다

이순희 시인의 「대기실—요양원」은 오늘날의 자연과
학과 생명공학은 반생명과학이며, 우리 인간들의 휴머
니즘은 생태환경의 파괴이자 자연에 대한 최악의 테러
행위라는 것을 고발한 시라고 할 수가 있다. "초점 없
는 눈동자/ 헛소리 흘리는 입들", 서로가 서로를 의식
하지도 못한 채, 오직 더 살고 싶은 욕망밖에는 없는
이 요양병원의 승객들을 과연 인간이라고 부를 수가 있
겠는가? "그 숨 모질고 모질어/ 아무도 끊어내질 못"
하는 삶, 이미 단물이란 단물은 다 빠져버리고 그 어떠
한 영양가도 없는 부패한 음식과도 같은 삶, 어느 누구
도 안타까워하지도 않고, 어느 누구도 슬퍼하지 않는
요양병원의 죽음을 과연 아름답고 행복한 죽음이라고
할 수가 있겠는가?

오늘날의 UN은, 아니 모든 국가는 하루바삐 '인간수
명제'를 채택하여 실시해 주기를 바란다. 식생활과 의
료수준이 개선되고 발달한 결과, 인간 수명의 연장은

불가피한 측면이 있기도 하지만, 인간 70의 나이에 존엄사를 신청하면 그 즉시, 죽음다운 죽음, 삶다운 삶을 완성할 수 있게 처리해주고, 인간 70의 나이에 더 이상의 인간다운 삶은커녕 살아 있다는 것 자체가 치욕이 되는 인간들 역시도 간단한 절차 끝에 존엄사를 시켜주었으면 한다.

모든 학문, 모든 의학이 인간의 명예와 행복을 위해 있는 것이지, 인간의 불명예와 불행을 위해 있는 것은 아니다. 요양병원은 너무나도 잔인하고 끔찍한 반인륜적인 죽음의 대기실(혐오시설)이며, 수많은 복지비용과 자원낭비의 산실이라고 할 수가 있다.

어느 누구도 요양병원에 가서 죽고 싶은 사람은 없을 것이다.

지구를 더 젊고, 지구를 더 건강하게 하루바삐 '인간 수명제'를 실시하지 않으면 안 된다.

삼천리 금수강산에 요양병원이 없어지니 온 산천이 푸르러지고, 화무십일홍의 꽃이 지니, 만물이 열매를 맺는다.

황인찬
구관조 씻기기

이 책은 새를 사랑하는 사람이
어떻게 새를 다뤄야 하는가에 대해 다루고 있다

비현실적으로 쾌청한 창밖의 풍경에서 뻗어
나온 빛이 삽화로 들어간 문조 한 쌍을 비춘다

도서관은 너무 조용해서 책장을 넘기는 것마저
실례가 되는 것 같다
나는 어린 새처럼 책을 다룬다

"새는 냄새가 거의 나지 않습니다. 새는 스스로 목욕
하므로 일부러 씻길 필요가 없습니다."

나도 모르게 소리 내어 읽었다 새를
키우지도 않는 내가 이 책을 집어 든 것은

어째서였을까

"그러나 물이 사방으로 튄다면, 랩이나 비닐 같은 것
으로 새장을 감싸 주는 것이 좋습니다."

나는 긴 복도를 벗어나 거리가 젖은 것을 보았다

시인은 새를 사랑하는 사람이 어떻게 새를 다루어야 하는가라는 책을 읽는다. 창 밖의 풍경은 비현실적으로 쾌청하고, 그 쾌청한 빛이 삽화로 들어간 문조 한 쌍을 비춘다. 도서관은 책장을 넘기는 것마저 실례가 될 정도로 조용하고, 나는 책을 어린 새처럼 다룬다. 새는 냄새가 거의 나지 않으며, 스스로 목욕하므로 일부러 씻길 필요가 없다.

만일, 그렇다면, 새는 냄새가 거의 나지 않으며 스스로 목욕하므로 씻길 필요가 없다면 왜 새를 목욕시키는 것일까? 어쩌다 냄새가 나고 똥이 묻을 수도 있고, 만에 하나, 새가 목욕하다가 물이 튄다면 방이나 거실을 더럽힐 수도 있다. "나도 모르게 소리 내어 읽었다 새를/ 키우지도 않는 내가 이 책을 집어 든 것은/ 어째서였을까?" 시인은 책을 잘못 집어 들었고, 구관조를 목욕시키지도 않을 것이며, 또 새를 키우지도 않을 것이다.

 황인찬 시인의 「구관조 씻기기」는 앵무새처럼 따라
하지 않기이며, 자연 속의 새를 자연으로 되돌려 보내
기이다. "나는 긴 복도를 벗어나 거리가 젖은 것을 보
았다"는 것은 구관조가 스스로 목욕하고 깃털을 털며,
자연 속에서 자기 자신의 아름답고 풍요로운 삶을 살
고 있다는 것을 뜻한다.

 진짜 새를 사랑하는 사람은 새를 기르지 않는 것이
다.

 시란 언어예술이며, 시인과 독자와의 만남의 장소가
된다. 시란 시인의 생애와 그의 취향과 사상과 이념이
각인된 작품이지만, 독자는 시를 읽을 때, 시인이 부여
한 의미와 가치들을 수동적으로만 받아들이는 것이 아
니다. 독자는 시인이 부여한 의미와 가치들을 파악하
고, 거기서 한 걸음 더 나아가, 자기 자신의 취향과 사
상과 이념에 따라서 그 작품의 의미와 가치들을 새롭게
부여하게 된다. 단일한 의미와 단일한 가치는 시인의
일방적인 권위(진리)만이 드러나는 닫힌 텍스트이지
만, 다양한 의미와 다양한 가치는 시인과 독자와의 생

산적인 대화가 가능한 열린 텍스트라고 할 수가 있다.

훌륭한 작품, 훌륭한 시에는 독자가 잠을 자고 휴식을 취할 공간도 있어야 하며, 다른 한편, 독자가 그 시 속에서 홀로 사색을 하고 산책을 하며, 무한한 상상력의 날개를 펼칠 수 있는 공간이 있어야 한다. 모든 진리는 그 사람의 위치, 입장, 환경, 상황에 따른 상대적 진리에 불과하며, 따라서 우리는 시인이 부여한 의미와 가치들을 받아 들이되, 끊임없이 그것을 회의하고 비판하며, 독자로서의 자기 자신의 사상과 이념을 펼쳐 보아야 한다. 이것이 진정한 시인과 독자(비평가)와의 만남이며, 최고급의 인식의 제전(책읽기)의 본질적인 국면이기도 한 것이다.

모든 진리는 끊임없는 해석이고 재인식이며, 잠시 이 세상에 머무르다가 사라지는 뜬구름과도 같은 것이다.

구관조(앵무새)는 구관조의 삶을 살아야 하고, 우리가 구관조를 기르고 목욕시킬 필요는 없다.

진짜 시를 사랑하는 사람은 타인의 시를 읽는 독자가 아니라, 자기 자신의 시를 쓰며, 자기 자신의 삶을 살아가는 사람이다.

최병근
굴뚝꽃

그늘진 저녁
굴뚝을 읽는다

불길 속 나무의 뼈가
망울망울 풀어져
상형문자로 걸렸다

저 하얀 연기
수국처럼 피었다 사그라지는
목록의 흔적
실낱같은 가계가 선명하다

까맣게 타들어가
새겨진 지문
굴뚝굴뚝 피어난 꽃

시란 대상을 낯설게 하고, 형식을 파괴하며, 그 모든 가치들을 전복시키는 것인지도 모른다. 하지만, 그러나, 시는 그처럼 인위적이며 작위적인 것이 아니라 기존의 앎과 대상에서 새로운 것을 발견하고, 이 새로운 것에 의미를 부여하는 언어예술일 수도 있다.

최병근 시인의 「굴뚝꽃」은 러시아 형식주의자들이 주창한 '낯설게 하기 기법'의 산물이 아니라, 기존의 앎에서 새로운 앎을 발견하고, 그 깨달음을 통해서 전통적인 서정시의 양식으로 표현해 본 시라고 할 수가 있다. 굴뚝은 저녁 연기가 배출되는 기관이 아니라, 굴뚝꽃이 피어나는 몸체라는 깨달음이 그 사실을 증명해준다.

굴뚝꽃은 "까맣게 타들어가/ 새겨진 지문/ 굴뚝굴뚝 피어난 꽃"이며, 이 굴뚝꽃에는 "실낱같은 가계가 선명"하게 드러난다. 초식동물은 육식동물을 위해 희생을 당하고, 나무는 인간을 위해서 희생을 당한다. 사회적 약자는 사회적 강자를 위해 희생을 당하고, 고급 문화는 무차별적인 침략과 약탈과 살육을 감행한다.

굴뚝 주인은 인간이고, 나무는 인간을 위해 자기 자신의 몸을 바친다. 그 어떠한 공격성도 지니지 못한 나무, 그 "불길 속 나무의 뼈가/ 망울망울 풀어져/ 상형문자로" 걸렸고, 최병근 시인은 이 상형문자를 통해서 나무의 역사와 가계를 읽어낸다. "저 하얀 연기/ 수국처럼 피었다 사그라지는/ 목록의 흔적/ 실낱같은 가계가 선명하다"라는 시구가 그것이고, 또한, "까맣게 타들어가/ 새겨진 지문/ 굴뚝굴뚝 피어난 꽃"이라는 시구가 그것이다.

나무는 나무의 아들과 딸들을 끌어안고 운다. 망울망울 상형문자 같은 눈물을 흘리며 뼈마디가 시리도록 운다.

나무는 나무의 역사와 가계를 지우며 불탄다. 이글이글 생살이 타는 고통을 참지 못해 지지직, 지지직, 신음 소리를 내며, 수국처럼 피었다가 사그라지는 하얀 연기를 토해 놓는다.

굴뚝꽃―,

아우슈비츠 수용소와 731부대의 생체실험실과도 같
은 굴뚝꽃—.

홍문식
바보가 됐다

내비를 달고 난 후부터 길치가 됐다
내비 없이는 한발자국도 움직일 수가 없게 되었다
스마트폰 단축키를 사용하면서부터 멍청해졌다
전화번호를 기억할 수가 없다
컴퓨터를 사용하면서부터 바보가 됐다
아내가 일정을 챙겨주면서부터
할 일을 기억할 수가 없었다
TV에 빠지면서 생각하는 힘이 사라졌다
카톡을 하면서 나랏말도 바르게 쓰질 못했다
영정사진을 놓고 제사를 지내면서
지방 쓰는 것도 잊어버렸다
노래방에서 가사를 보고 노랠 부르다보니
가사가 전혀 생각나질 않았다
레시피를 따라 음식을 만들다 보니
손맛이 달아났다 기억력이 없어졌다

아는 것이 떠나갔다 생각하는 게 싫어졌다
객관식 문제만 풀어 버릇 했더니
창의력과 사고력이 사라졌다
먹을게 많다보니 배고팠던 시절을 잃어버렸다
모든 걸 시켜 버릇 했더니
내 손으로 할 수 있는 게 아무것도 없었다
내 욕심만 채우다보니 남의 딱한 사정을 보지 못했다
난 그렇게 나밖에 모르는 바보가 되었다

인간의 정신(의식)이 존재를 결정하는가, 인간의 사회적 존재(지위)가 정신을 결정하는가라는 문제는 유심론과 유물론의 싸움이며, 이 싸움에서 승리한 것은 유물론이라고 할 수가 있다. 헤겔은 모든 생산물마저도 인간의 정신의 결정체로 본 반면, 마르크스는 인간의 정신을 사상해버리고 그 모든 것을 물질에 의해서 결정된다고 역설했던 것이다.

자본주의는 상부구조로서의 사상과 이념, 문화와 예술의 힘을 무시했지만, 그 결과는 오늘날의 '인간의 죽음'으로 나타났던 것이다. 상부구조로서의 사상과 이념, 문화와 예술은 정치, 경제, 사회의 목적이 무엇이며, 자본이 고도로 축적된 사회에서 우리가 어떻게 더욱더 행복한 삶을 향유할 것인가를 다룬다고 할 수가 있다. 어떻게 하면 부의 공정한 분배와 만인이 평등한 사회를 건설할 것이고, 어떻게 하면 서로가 서로를 믿고 사랑하는 행복한 사회를 건설할 것인가? 어떻게 하면 돈만 많고 마음이 가난한 사람을 구원할 것이고, 어떻게 하면 비록, 돈은 없더라도 마음이 부자인 삶을 살 것인가? 최종심급은 경제이지만, 상부구조로서의 이러한 인간의 정신이 하부구조로서의 경제문제를 지배할 수도 있는 것이다. 인간의 정신이 그의 존재를 결정할 때도 있고, 사회적 존재가 그의 정신을 결정할 때도 있다. 정신과 물질, 상부구조와 하부구조는 둘이 아닌 하나이며 인간 존재의 근본적인 구조이지만, 유심론과 유물론자들은 이처럼 분리할 수 없는 것을 분리해낸 판단력의 어릿광대들이었던 것이다. 현대 자본주의 사회는 돈(물질)이 최고인 사회이며, 이 돈의 유무에 따라서 인간의 사회적 지위가 결정된다. 돈이 없으면 부모형제의 모임에도 갈 수가 없고, 돈이 없으면 동창회나 친목모임에도 갈 수가 없다. 돈만이 있으면 최고의 권력자도 머리를 숙이고, 그 어디를 가나 최고의 대접을 받는다. 돈이 인간을 위해 있는 것이 아니라, 인간이 돈을 위해 있는 것이다. 돈은 다만, 물물교환의 기호(도구)에 지나지 않지만, 돈이 물물교환의 기호가 아닌 전지전능한 신이 되는 순간, 그 모든 가치가 전도된다. 모든 인간들은 생명 있는 도구(노예)가 된 것이며, 이 도구의 사용가치는 매우 다양한 용도로 쓰이게 된 것이다.

자동차를 운전하되 내비 없이는 한 발자국도 움직일 수 없는 길치가 되었고, 스마트폰 단축키를 사용하면서부터 전화번호를 기억할 수 없는 바보가 되었다. 아내가 일정을 챙겨주면서부터 할 일을 기억할 수가 없게 되었고, 카톡을 하면서부터 나랏말을 바르게 쓰질 못하게 되었다. 영정사진을 놓고 제사를 지내면서부터 지방 쓰는 법을 잊어버렸고, 노래방에 가서 가사를 보고 노래를 부르다 보니까 가사를 전혀 외울 수가 없게 되었다. 레시피를 따라 음식을 만들다 보니 손맛이 없어졌고, 객관식 문제만 풀어 버릇했더니 독창성과 창의력이 없어졌고, 그 모든 것을 다 잃어버린 바보가 되었던 것이다.

자본주의 사회는 돈이 최고인 사회이며, 더 많은 돈을 축적하기 위해서 날이면 날마다 과학혁명, 즉, 돈 많이 버는 대사기극을 연출해내는 사회라고 할 수가 있다. 라면을 먹는 것도 돈에게 봉사하는 것이고, 술을 마시는 것도 돈에게 봉사를 하는 것이다. 자동차를 사는 것도 돈에게 봉사를 하는 것이고, 스마트폰을 사용하는 것도 돈에게 봉사를 하는 것이다. 스마트폰을 신봉하지, 신을 믿지 않는다. 컴퓨터와 빅데이터를 신봉하지, 인간의 두뇌와 그 능력을 신봉하지 않는다. 요컨대 돈을 찬양하고 돈에게 효도를 하지, 부모와 국가와 형제들을 사랑하지 않는다. 그 옛날보다 더욱더 편리한 생활을 하면서도 더욱더 불행한 삶을 살고, 더욱더 불행한 삶을 살면서부터 모든 인간 관계를 파괴시킨 바보가 되어버린 것이다.

인간은 너무나도 완벽하게 죽었다. 피보다 더 진한 것은 돈이고, 살모사의 독보다 더 잔인한 것이 돈이다. 돈에게 밉 보이면 부모형제도, 친구도, 장관도, 대통령도 다 물어 뜯어 죽여버린다. 돈은 마피아 두목이고, 전제군주이며, 그 어떤 반대파도 다 몰살시켜버리는 아돌프 히틀러와도 같다.

홍문식 시인의 「바보가 됐다」는 현대 자본주의 사회를 살아가는 지식인의 탄식이며, 인간이 인간을 믿고 사랑할 수 있는 '대화엄의 세계'를 노래한 시라고 할 수가 있다. 화엄불교에 따르면, 천지만물과 나는 한 몸이고, 천지는 인간과 동식물들과 해와 달과 별들이 다 함께 살아가야 할 삶의 공간이라고 할 수가 있다. 자본주의 사회는 이 우주, 이 자연의 질서를 '돈의 질서'로 전도시킨 사회이며, 그 모든 인간들이 몸과 정신을 다 팔아버리고 바보가 된 사회라고 할 수가 있다. 홍문식 시인의 「바보가 됐다」는 자본주의 사회에 순치된 자의 탄식이면서도, 그 '바보됨'을 씻어버리는 시의 효과(진정제 효과)로서 '대화엄의 세계'를 노래한 시라고 할 수가 있다. 「바보가 됐다」는 어느 누구도 부인하지 못할 극사실적이면서도, 그 바보됨을 일깨워주는 극적인 효과가 내장되어 있는 것이다.

그렇다. 우리 모두는 바보가 됐지만, 이제는 진정한 인간으로 돌아갈 때가 된 것이다.

신용목
도하

우리가 다리를 건널 때
강에서는 조금씩 안개가 피어오르고

내가
저녁이 강물의 푸른 풀밭을 은빛 낫으로 베어 위로
던지는 거라고 말하자

너는 강물이 타고 있는 중이라서 하얀 연기가 피어
오르는 거라고

그을린 어둠을 보면 모르냐고

심지처럼
건너편 불빛 하나가 길게 뻗어오고 있었는데

강물 속에서 올려다보면 우리는 공중에서 일렁이는
환영들

어쩐지 나는 마네킹들이 가득 잠겨 있는 바닥에 대
한 상상

흘러가는
1월

요즘은 강이 얼지 않아 우리는 난간에 서서도 강물에
얼굴을 비춰보지 않았다

이 세상의 근본물질은 에너지이며, 에너지의 총량에는 변함이 없다. 에너지는 다양한 물질과 생명체로 나타나지만, 그 물질과 생명체가 해체되거나 소멸된다고 하더라도 그 에너지는 또다른 물질과 생명체로 변모되었을 뿐인 것이다. 다이아몬드가 숯이 되었거나 인간을 화장시켰어도 다이아몬드와 인간을 형성하고 있었던 에너지는 자연 그대로 남아 있는 것이다. 에너지 보존법칙에 따르면 인간은 결코 병과도 싸워 이길 수가 없다. 하나의 병을 퇴치시켰다고 환호성을 터뜨리는 순간, 또다른 병이 찾아와 인간을 괴롭히는 것이다. 에이즈, 조류독감, 광우병, 돼지열병, 신종 플루, 사스, 메르스, 코로나 등이 그 좋은 예들인데, 하나의 병을 퇴치하면 새로운 면역력을 지닌 바이러스가 나타나게 된다. 인류의 역사상 유례를 찾아볼 수 없는 새로운 질병들이 해마다 연속적으로 나타나는 것은 자연의 파괴와 생태환경의 파괴의 대가라고 할 수가 있다. 낙타와 돼지, 박쥐와 소 등, 인간과 동물들과의 차이도 없어지고, 폭발적인 인구의 증가와 함께, 에너지의 과다사용이 신종 바이러스의 토양이 되었다고 할 수가 있다. 자연은 종의 균형과 번영을 위해 존재하는 것이지, 인간을 위해 존재하는 것이 아니다. 천연자원의 부족과 폭발적인 인구 증가, 새로운 병의 창궐과 이상기후는 인간의 오만함을 심판하기 위한 대폭발의 징후라고 할 수가 있다.

신용목 시인의 「도하」는 "흘러가는/ 1월", 즉, '역사의 종말'을 노래한 시라고 할 수가 있다. "우리가 다리를 건널 때/ 강에서는 조금씩 안개가 피어오르고" 있었고, 나는 그것을 조금은 시적으로 "저녁이 강물의 푸른 풀밭을 은빛 낫으로 베어 위로 던지는 거라고 말하자" "너는 강물이 타고 있는 중이라서 하얀 연기가 피어오르는 거라고// 그을린 어둠을 보면 모르냐고" 조금쯤은 힐난조로 꾸짖는다. "저녁이 강물의 푸른 풀밭을 은빛 낫으로 베어 위로 던지는 거라"는 시구는 매우 아름답고 서정적인 표현이지만, "강물이 타고 있는 중이라서 하얀 연기가 피어오르는 거"라는 시구는 "그을린 어둠"과 함께, 현대문명의 종말을 뜻한다고 할 수가 있다. 은빛 낫으로 푸른 풀밭을 벤다는 것은 소를 키우며 전원생활의 행복에 맞닿아 있지만, 푸른 강물이 타고 있다는 것은 물의 부족, 즉, 인류의 젖줄이 메말라 가고 있다는 것을 뜻한다.

흘러가는 1월, 요즘은 강물이 얼지 않는다. 마을마다 심지처럼 불이 타오르고, 그을린 어둠이 매연과 온실가스를 뿜어댄다. 안개는 낭만이 아닌 하얀 연기가 되고, 어둠은 내일의 여명이 아닌 역사의 종말을 지시한다. 강물 속에서 인간을 바라보면 하나의 환영이며, 껍데기이며, 그 모든 것이 불량의 마네킹들인지도 모른다.

흘러가는 1월, 요즘은 강물이 얼지 않는다. 대홍수와 불볕 가뭄, 물과 불이 이 세상을 심판하게 될 것이다.

인공지능, 로봇, 드론, 우주왕복선, 원자폭탄—.

강이 불타고 강이 마른다.

처음도 아닌 끝. 끝이 아닌 영원한 끝—.

기혁
아지랑이

꽃밭에 가면 모두가 철제 침대에 묶여 있다

하늘을 보며 히죽히죽 웃던 아이가 바지를 내리고
오줌을 눈다

아무런 기약이 없어도 슬퍼할 일들은 볼일로 남는다

찢어진 채 흔들리던 겨울의 보호자, 입원 동의서를
써준 그가 다녀갔다.

봄, 잔인한 봄.

'저출산−고령화 시대'를 맞이한 젊은이들에게 봄은
오지 않는다.

연애, 결혼, 출산, 취업, 내집마련, 희망, 취미, 인간
관계까지 포기한 'N포세대'.

할 일은 없고, 해야 될 일은 많다. 권리는 없고, 의
무만 많다.

꽃밭에 가면 철제 침대에 묶여 있는 젊은이들, 아무
런 기약도 없이 슬픔에 잠겨 오줌을 눈다.

오랜 겨울, 입원실 같았던 겨울, 입원 동의서를 써준
그가 다녀갔지만, 나의 꿈은 실현되지 않는다.

아지랑이,

현기증,

어지럽고, 또 어지럽다.

김미연
베란다

사계절 슬픔을 가라앉히고 있다
집 안에서 밀려난 것들
감추고 싶은 은밀한 것들
병든 짐승처럼 웅크리고 있다

방치된 것들, 잊혀져가는 것들
담배연기로 실직을 견디던 사내도
베란다 구석에서 녹슬고 있다

아찔한 허공에서 바닥을 바라보며 늙어가는 베란다
발밑이 벼랑이다

난간을 치고 경계를 짓지만 찰나에 허공은 허물어
진다

실내유리창 밖
집이 아닌 집

하는 일없이
베란다는 끝없이 일을 하고 있다

거실로 따라 들어가지 못한 베란다는
늘 외톨이다

〣

이 세상에서 가장 위대한 승리는 싸움 한 번 하지 않고 이기는 것이고, 이 세상에서 가장 처절하고 비참한 패배는 싸움 한 번 해보지도 못하고 무릎을 꿇는 것이다. 이 승리와 패배의 최종심급은 힘이며, 힘은 모든 유기체의 근본본능이라고 할 수가 있다.

힘을 가진 자의 도덕은 자기 찬미의 도덕이며, 그는 모든 것을 발밑으로 내려다 보고 끊임없이 자기 자신을 찬양할 수가 있다. 이에 반하여, 힘이 없는 자의 도덕은 자기 체념의 도덕이며, 그는 모든 것을 하늘 높이 우러러 보며, 하염없이 자기 자신을 비하하고 슬픔에 잠긴다.

거실은 주인의 거주 공간이고, 베란다는 하인의 거주 공간이다. 모든 삶의 이치가 승자독식구조로 되어 있기 때문에, 이 흐름에서 이탈하면 생존만이 최고인 삶, 즉, "사계절의 슬픔"을 안고 살아갈 수밖에 없다.

"집 안에서 밀려난 것들/ 감추고 싶은 은밀한 것들/ 병든 짐승처럼 웅크리고 있다"라는 시구가 그것을 말해주고, "방치된 것들, 잊혀져가는 것들/ 담배연기로 실직을 견디던 사내도/ 베란다 구석에서 녹슬고 있다"라는 시구가 그것을 말해준다.

베란다는 아찔한 허공이며 발밑의 벼랑을 보며 늙어가고, "실내유리창 밖/ 집이 아닌 집"에서 난간을 치고 경계를 긋지만, 찰나에 허물어지는 운명을 안고 살아간다. "하는 일없이" "끝없이 일을" 하는 베란다, 언제, 어느 때나 거실로 들어갈 수 없는 베란다는 늘 외톨이일 수밖에 없다.

만인평등은 없다. 우월한 인간과 열등한 인간의 차이는 인간과 짐승과의 차이보다도 더 크다. 자연의 법칙은 힘의 세계이며, 이 힘의 세계를 구축하는 두 축은 거세법과 배제법이다. 거세법은 인간성을 제거하는 것을 말하고, 배제법은 상류사회에서 영원히 추방하는 것을 말한다. 적자생존, 요컨대 베란다는, 사회적 천민은 제 아무리 발버둥을 쳐도 언제, 어느 때나 허공을 움켜쥐고 아찔한 벼랑만을 바라보고 살아가게 되는 것이다.

김미연 시인은 거실과 베란다의 공간을 주목하고, 그 대립과 긴장을 통하여 삶의 무대에서 밀려나 생존만이 최고인 '베란다'라는 인물을 극적으로 연출해낸다. 늘 외톨이로, 쓸모없이, 쓸모없는 일을 쓸모있게 하는 사회적 천민의 운명이 '베란다'라고 할 수가 있다.

　베란다, 베란다, 태생부터 배제법의 채찍을 맞고 이제는 거세법의 단두대로 사라져가야 할 운명이 김미연 시인의 「베란다」라고 할 수가 있다.

권혁재

엉겅퀴꽃

무장대가 달아나다 흘린 피
토벌군이 쫓아가다 밟은 피
아프다는 신음도 내지 못한 채
칼에 베인 허벅지
죄명에 대한 분명한 선고도 없이
칼로 도려낸 젖꼭지
야음 속으로 토벌대가 기어드는지
꽃대궁이 붉게 흔들린다.

📖

　엉겅퀴는 국화과의 식물로 큰엉겅퀴, 지느러미엉겅
퀴, 고려엉겅퀴 등 10여 종이 있다고 한다. 피를 멈추
고 엉기게 하는 풀이라 하여 엉겅퀴라는 이름이 붙여졌
고, 줄기는 곧고 가지는 갈라진다. 전체에 흰털과 거미
줄 같은 털이 나 있고, 줄기와 잎에는 가시가 있는데,
여러 동물들로부터 줄기와 잎을 보호하기 위한 것이라
고 한다. 6월과 8월에 자주색, 또는 붉은 색으로 꽃이
피고, 관상용, 식용, 약용 등으로 쓰인다. 엉겅퀴꽃은
무장대가 달아나다 흘린 피이고, 엉겅퀴꽃은 토벌군이
쫓아가다 밟은 피이다. 아프다는 신음도 내지 못한 채
칼에 베인 허벅지이고, 죄명에 대한 분명한 선고도 없
이 칼로 도려낸 젖꼭지이고, 오늘도, 지금 이 순간에
도, 야음 속으로 토벌대가 기어드는지 꽃대궁이 붉게
흔들리고 있는 것이다.
　우리가 사물을 인식하는 데는 두 가지 방법이 있다.

첫 번째는 인상의 수용성이고, 두 번째는 개념의 명명성이다. 인상의 수용성이란 대상을 받아들이는 것을 말하고, 개념의 명명성이란 대상을 사유하고, 그 대상에 이름을 부여하는 것을 말한다.

권혁재 시인은 엉겅퀴꽃의 자주색, 또는 붉은색을 핏빛으로 인식하고, 그 핏빛으로 우리 한국인들의 수난의 역사를 물들인다. 엉겅퀴의 가시는 좌우 이데올로기에 의한 동족상잔의 전쟁을 뜻하고, "죄명에 대한 분명한 선고도 없이/ 칼로 도려낸 젖꼭지"는 엉겅퀴의 꽃망울과 젖꼭지의 유사성에 의한 시적 표현이며, 그것이 무장대이든, 토벌대이든지 간에, 죄없는 여인에 대한 무자비한 만행을 뜻한다.

시인은 악을 싫어하고, 선을 실천하기 위해 시를 쓴다. 선이란 도덕적 선이며, 공동체 사회의 행복에 맞닿아 있다. 더 이상의 동족상잔의 피비린내가 있어서는 안 된다는 것, 서로가 서로를 사랑하고 모두가 다같이 행복하게 살아야 한다는 신념이 엉겅퀴꽃을 우리 한국인들의 초상으로 명명하게 된 것이다. 어떤 사건과 현상을 정확하게 인식하고, 그것에 이름을 부여함으로써 새로운 삶의 지평을 열게 하는 것이다. 엉겅퀴꽃은 우

리 한국인들의 수난의 꽃이자 미래의 희망의 꽃이며,
권혁재 시인이 그 인식의 힘으로 새롭게 피워낸 꽃이
라고 할 수가 있다.

　피를 멈추고 엉키게 하는 엉겅퀴꽃, 관상용과 식용
과 약용으로 널리 쓰이는 엉겅퀴꽃, 이제 권혁재 시인
은 한국인 최초로 '엉겅퀴꽃의 시인'으로 부를 수 있
게 되었다.

김영수 송유미

이현채 김광섭

박주용 김혜영

서정란 김도우

조재형 이문재

황지우 박언숙

김기택 이선희

김정원

김영수

떠도는 낱말 들

— D조직의 카멜레온 시리즈 미완결판

1. 감언이설

B씨는 교활한 여우의 음성에 취해 흰 발목과 하얀 꼬리 그리고 새까만 가슴을 숨기고 바구미처럼 흰쌀을 갉아먹고 있다네

주위에선 그녀를 조직에 암적인 존재라고 하는데 정작 본인은 부처님 가운데 토막이라며 오늘도 법어를 한 가득 쏟아내고 있네

2. 인의 장벽

C씨는 듣고 싶은 것만 듣고 보고 싶은 것만 보는데 귀와 눈이 번뜩거린다네

리승만 박사의 몰락을 제대로 기억하고 있는 지도 궁금하네

똑같이 외국 박사라서 국내 사정을 잘 모르는가

주위엔 통역사만 맴돌고 있네

조직문화를 통역하고 사업환경을 통역하는데 3년이
걸렸다네

이제 곧 임기가……

3. 돌려막기

L씨는 아래 벽돌 빼서 위로 들어 올리는 전문가라네

내력벽 곳곳엔 골다공증이 들불처럼 번지고 있는데

분칠만 계속하고 있네

내가 있을 때만 괜찮으면 되지 뭐~ 하면서

이제 곧 한 순간에 와르르 할 것이 자명한데

119년의 유구한 전통이 911 재난으로 돌아눕고 있

네

4. 해바라기

Y씨의 안중에서 조직의 발전은 눈꼽만큼도 찾아볼

수 없다네

오직 개인의 영화가 가장 우선이네

40년 동안 표리부동으로 일관하며 양지만 쫓다가 과

실만 챙기네

그는 변신의 대가인데 그것을 딱 한 분만 몰라

모르는 체하는 건지

5. 사내정치

K씨는 좋은 자리를 차지하자마자 알량한 권력을 십분 발휘하여 줄세우기를 시작했다네

하나회 척결에 앞선 YS의 결단력을 추앙하는 세력이 잠재해 있다는 것을 아는지 몰라

젊은이들이 일은 뒷전이고 정치판만 흉내 내고 있으니

미래가 좀 그래

떠도는 단어들 입에서는 "아직은 봉급이 제때 나온다"는 후렴만 여전히 반복되고 있다네

이 세상의 삶을 산다는 것은 권력을 가져야 한다는 것이고, 권력을 가져야 한다는 것은 만인들 위에 군림하며 그 모든 것을 제멋대로 손질할 수 있다는 것을 말한다. 이 세상이 망하고 그 모든 사람들이 다 망하더라도 자기 자신과 권력만은 살아남아야 한다는 것이 모든 인간들의 욕망이며, 이 권력 욕망 앞에서는 선악이란 소위 미치광이들의 잠꼬대에 지나지 않는다. 도덕 이전에 선악이란 없는 것이고, '만인 대 만인의 싸움'을 사전에 방지하기 위한 것이 도덕이라고 할 수가 있다. 도덕 이전의 인간은 그토록 사납고 무자비한 야수에 지나지 않았지만, 그러나 도덕 이후의 인간은 그토록 사납고 무서운 야수의 면모를 숨기고, 제법 온화하고 인자하며 친절한 인간의 탈을 쓰게 된 것이다.

도덕이란 가면이며, 자기보호색이고, 따라서 모든 인간들은 자기보호색의 대가라고 할 수가 있다. 지혜란 사기치는 기술이라고 역설하며 무위자연을 노래했던 노자가 의지했던 것도 권력이고, 무욕망과 무집착을 역설했던 부처가 의지했던 권력이고, 네 이웃을 내 몸처럼 사랑하라고 역설했던 예수가 의지했던 것도 권력이라고 할 수가 있다. 권력이란 타인을 인정하지 않는 천상천하 유아독존적인 것이고, 노자와 부처와 예수 등도 도덕의 가면을 쓰고 전인류를 지배했던 스승들이라고 할 수가 있다. 도덕은 순수한 인간의 타락이며, 그 모든 진실을 은폐하며, 언제, 어느 때나 그토록 잔인하고 사나운 야수성을 분출시키는 활화산과도 같다. 이타적, 사심 없는, 만인을 위한 도덕을 외치는 자일수록 더없이 더럽고 추한 권력욕망의 화신일 수밖에 없다. 산다는 것은 권력에 의지하며, 권력의 과실을 따 먹고 살아가는 것이기 때문에 어느 누구도 권력욕망을 포기할 수가 없다. 이 세상에서 가장 무서운 것은 권력투쟁이며, 이 권력투쟁에서 승리하는 최선의 전략은 도덕전 인간의 탈을 쓰는 것이다.

　김영수 시인의 「떠도는 낱말들 —D조직의 카멜레온 시리즈 미완결판」은 크고 작은 권력 중, D조직의 새끼 권력자들의 유형학이라고 할 수가 있다. 현대 민주주의 사회에서의 권력은 절대로 그 민낯을 드러낸 적이 없으며, 따라서 우리들 모두는 때때로 그 색깔과 형태를 바꾸는 그들의 탈의 의미를 추적하고 해석할 수 있어야만 한다. 왜냐하면 모두가 다같이 성인군자의 가면을 쓰고 있기 때문에, 그 가면의 의미를 이해하지 못하면 그는 생존경쟁에서 탈락할 수밖에 없기 때문이다.

참말과 거짓말은 없고, 떠도는 말들(떠도는 낱말)만이 있다. 기표와 기의, 즉, 말과 대상이 일치하지 않기 때문에, 떠도는 말들은 어떠한 책임이나 보장도 없는 달콤한 말, 즉, 감언이설일 수밖에 없다. 아름답고 부드러운 말, 더없이 친절하고 자비로운 말일수록 더없이 교활한 인간의 독이 묻어 있을 수밖에 없으며, 그녀는 'D조직'의 이익을 해치는 '암적인 존재'일 수밖에 없다. '감언이설의 탈'을 쓴 자가 있다면, 이제는 듣고 싶은 것만 듣고 보고 싶은 것만 보며 간신과 모리배들만을 중용하며, '인의 장벽의 탈'을 쓴 자가 있다. 인의 장벽의 탈을 쓴 자는 자기 자신의 두뇌가 없는 박근혜와 문재인과도 같은 돌대가리이며, 그 어떤 일도 제대로 추진하지 못하고 허송세월만을 보내는 혈세의 낭비자와도 같다.

최고의 권력자란 분명한 목표가 있어야 하고, 그 목표를 추구할 수 있는 다양한 정책과 그 용기를 갖고 있지 않으면 안 된다. 천년, 이천년의 미래를 내다볼 수 있는 철학이 있어야 하고, 모든 조직원들의 자발적인 참여와 복종으로 그 권력의 지렛대를 삼지 않으면 안 된다. 이러한 철학과 목표가 없다면 그는 "아래 벽돌 빼서" 윗 벽돌 쌓는 '돌려막기의 탈'을 쓸 수밖에 없다. "내가 있을 때만 괜찮으면 되지 뭐"라는 무사안일주의와 부실공사의 대가가 되어 "119년의 유구한 전통"을 "911 재난으로" 연출해놓고 있는 것이다.

이에 반하여, '해바라기의 탈'을 쓴 자는 오직 개인의 영화만을 최우선으로 생각하지, 조직의 발전은 눈꼽만큼도 생각하지 않는다. 오직 최고의 권력에 아첨하며 양지만을 찾아다니고, 선악의 가치판단은 하지도 않는다. 자기 자신의 영화만을 위하여 악마에게 영혼을 팔아버린 자이며, 최고의 권력자가 바뀔 때마다 오직 충성만을 맹세하게 된다. 또한 '사내 정치인의 탈'을 쓴자, 즉, 새끼권력에 중독된 자는 적재적소에 인재를 배치하기보다는 오직 충성을 맹세하는 자들만을 중용한

다. 내게 충성을 맹세하면 축복을 받을 것이고, 그렇지
않으면 재앙을 면하지 못하게 될 것이다. 절대로 국가
와 조직발전에 필요한 자, 즉, 최고급의 인재가 나타나
서는 안 되고, 그래서 'D조직'은 영원한 삼류국가, 즉,
한국정치의 축소판이 되어간다.

　떠도는 말이 떠도는 말들을 낳고, 떠도는 말들과 떠
도는 말들이 싸우며, D조직의 가면무도회는 수많은 관
객들의 시선을 사로잡는다. 교활한 여우같이 '감언이
설의 탈'을 쓴 자가 '암적인 종양'을 퍼뜨리면, 간신과
모리배들만을 중용하며 '인의 장벽의 탈'을 쓴 자가 국
민의 혈세로 허송세월의 축포를 쏘아올린다. '돌려막
기의 탈'을 쓴 자가 무사안일주의와 부실공사로 "119
년의 유구한 전통"을 "911 재난으로" 연출해놓으면,
'해바라기의 탈'을 쓴 자는 악마에게 영혼을 팔아버리
고, '사내정치인의 탈을 쓴 자는 'D조직'을 영원한 삼
류국가, 즉, 한국정치의 축소판으로 만들어 놓는다.

　유혹하기, 속이기, 타락시키기, 떡고물주기, 줄세우
기, 손봐주기 등, 온갖 권모술수가 도덕군자의 탈을 쓴
김영수 시인의 「떠도는 낱말들─ D조직의 카멜레온 시
리즈 미완결판」은 영원한 현재 진행형일 수밖에 없는

데, 왜냐하면 그 시리즈가 완성되면 우리 한국인들의 삶이 끝장이 나기 때문이다.

권력만이 선하고 착하며, 권력만이 지상 최대의 행복을 연출해낸다. 모든 유기체는 그 무엇보다도 권력을 원하며, 오직 권력을 위해 살고 권력을 위해 죽는다.

권력은 천변만화하는 카멜레온의 얼굴을 지녔고, 이 세상은 영원한 도덕군자(위선자)들의 가면무도회라고 할 수가 있다.

송유미
너는 선물처럼 내게 왔다

자기야, 생일 축하해
이 세상에 자기가 태어나지 않았다면
이 세상은 얼마나 적막할까.
그것을 상상하는 것만도 검은색이지.
남은 날은 작지만 우리 함께 걸어가자.
함께 걸어가서
저문 바닷가, 수평선 바라보다가
순기비 나무가 되자.

자기야, 너는 선물처럼 내게 왔어*.
자기의 생일을 사랑해.

* 한시감상 해설 (한국고전번역원 책임연구원 이기찬) 인용.

순기비나무는 낙엽활엽관목으로 바닷가 모래땅에서 옆으로 자라며 뿌리를 내린다. 커다란 군락을 형성하며 잎은 마주나고 꽃은 7~9월에 자주빛으로 핀다. 한 방에서는 열매를 만형자蔓荊子라고 하며, 해열과 두통과 안질과 이명치료 등에 쓴다고 한다.

송유미 시인의 「너는 선물처럼 내게 왔다」는 순기비나무같은 시이며, 하늘이 맺어준 사랑의 꽃을 피운 시라고 할 수가 있다. 몹시 기분이 나쁜 선물, 조금은 시시하고 하찮은 선물, 어느 정도 마음에 썩 드는 선물, 너무나도 고귀하고 값이 비싸 오히려, 거꾸로 마음에 짐이 되는 선물, 그 어떠한 부담도 없이 그토록 기다리고 소망했던 선물 등―, 이 세상의 선물 중에는 수많은 선물의 유형들이 있을 수가 있다.

사랑은 자기 짝을 부르는 몸의 소리이며, 이 사랑만큼 고귀하고 소중한 선물은 없다. 셰익스피어와 인도를 바꿀 수가 없는 것처럼, 하늘이 맺어준 사랑은 우주와도 바꿀 수가 없다.

"자기야, 생일 축하해", "너는 선물처럼 내게 왔다."

사랑은 저문 바닷가 순기비나무를 가꾸고, 또, 가꾼다.

도덕은 신성한 의무이자 약속이다. 그러나 정직할수록 손해를 본다는 것이 우리 한국인들의 고정관념이며, 한국사회는 도덕의식이 마비된 사회라고 할 수가 있다. 거짓말, 사기, 좀도둑질, 끊임없이 타인을 헐뜯고 깎아내리는 노예의 혈통을 자랑한다. 아멘, 아멘, 하면서도 유태인들의 고귀함과 위대함은 배울 생각조차도 안 한다.

이현채

한여름 밤의 룩셈부르크

1

　로자, 고시원을 옮겨 다니며 생을 허비했어요. 스티커를 이곳저곳에 붙여 가며 아이들을 가르쳤지만, 늘 그 자리에 있어요. 퀵으로 내 영혼을 고향으로 보내보지만, 어느새 다시 돌아와 엘리베이터를 타고 있어요. 오징어처럼, 아버지의 눈썹처럼, 그리고 늙어가는 일상처럼.

2

　로자, 한여름 밤의 룩셈부르크가 그리워요. 어제는 너무 더웠어요. 한밤의 숲에서 나무들과 동침을 했어요. 쥐들이 나의 밤을 갉아 먹어요. 나의 눈은 허공 백미터 위로만 날아다녀요.

　로자, 나는 외로운 두 마리 새를 키워요. 이미 한 미리는 죽어가고 있어요. 나의 가슴으로 날아와 죽어가는 새를 어떻게 하지요? 당신이 독백처럼 했던 말이 허공 위에 둥둥 떠 있어요. 숲에서 광란의 아리아가 울려 퍼져요.

3

로자, 자본주의는 열쇠의 천국이지요. 집집마다 비밀번호가 가득하고 얼굴에 가면을 쓴 사람들뿐이에요.

로자, 고시원을 옮겨 다니며 생을 허비했어요. 나의 오두막에는 밤의 비밀이 있어요. 복권을 사볼까, 운세를 볼까. 나무들이 말 웃음소리를 내며 밤새 꿈속으로 녹아내려요.

로자, 벌거벗은 한 영혼이 타임캡슐을 타고
한여름 밤의 룩셈부르크를 꿈꿔요.

로자 룩셈부르크는 1871년 러시아령 폴란드에서 태어난 유태인이었고, 스위스에서 법률과 정치경제학을 공부한 사회주의 혁명가였다. 그녀는 레닌식의 민족자결에 의거한 공산당 조직에도 반대했고, 자본주의가 고도로 발달한 국가에서 의회와 노동조합을 통한 사회주의 건설, 즉, 베른슈타인의 수정주의 노선에도 반대했다. 로자 룩셈부르크는 민족과 국가 자체를 부정했고, 레닌식의 공산당 조직에도 반대를 했는데, 왜냐하면 노동자 계급을 통한 국제사회주의만을 중요시했기 때문이다.

하지만, 그러나 로자 룩셈부르크는 인간 사회의 가장 근본적이고 이상적인 공동체가 국가와 민족이라는 사실을 부정했던 것이고, 다만 대중운동을 통해서 프롤레타리아 혁명을 완성할 수가 있다고 믿고 있었던 것이다. 그녀의 사회주의는 하나의 이상이고 환상이며, 그 비타협적인 과격성 때문에 1918년 11월 독일 혁명의 소용돌이 속에서 우파 민병대에 의해서 너무나도 비참하게 살해되고 말았다. 로자 룩셈부르크의 오류는 '이론상의 국제사회주의'를 '현실의 국제사회주의'로 착각했던 것에 있었던 것이고, 이 치명적인 오류는 한 사람의 아편중독자와도 같았던 것이다. 이론상의 존재가 현실의 존재가 되고, 현실의 존재가 이론상의 존재가 된다.

이현채 시인의 「한여름 밤의 룩셈부르크」는 대단히 깊이 있고 지적인 화자가 어쩌다가 도시빈민으로 전락하여 사회주의 혁명가인 로자 룩셈부르크를 선망하며 그녀에게 바치는 송가라고 할 수가 있다. 하지만, 그러나 로자 룩셈부르크는 이중–삼중적인 찢김을 당하는데, 첫 번째는 로자 룩셈부르크의 비명횡사에 맞닿아 있고, 두 번째는 마르크스의 뜻과는 정반대로 현대 자본주의 사회에서는 사회주의 혁명이 더 이상 가능하지 않다는 점에 맞닿아 있으며, 마지막 세 번째로는 로자 룩셈부르크, 즉, 이름과 육체, 또는 영혼과 육체의 찢김에 맞닿아 있다. 로자는 순수하고 때묻지 않았으며, 부의 공정한 분배와 만인평등을 꿈꾸었던 사

회주의 혁명가이고, 룩셈부르크는 그녀의 뜻과는 정반
대로 중공업과 금융업과 무역업이 고도로 발달한 유럽
의 강소국, 즉, 복지국가라고 할 수가 있다. 이현채 시
인의 시적 화자는 날이면 날마다 로자의 순수하고 때
묻지 않은 혁명가의 삶을 동경하면서도, 그러나 그 마
음과 뜻과는 정반대로 부유한 나라, 즉, 룩셈부르크를
그리워하게 된다.

　스티커를 이곳저곳에 붙여가며 아이들을 가르쳤지
만, 늘 제자리인 생, 더 이상 영혼을 더럽힐 수가 없어
고향으로 보내보지만 어느새 다시 돌아와 엘리베이터
를 타는 영혼, "오징어처럼, 아버지의 눈썹처럼, 그리
고 늙어가는 일상처럼", 고시원을 옮겨다니며 인생을
허비하고, 한여름 밤의 열대야를 피해 숲속에서 나무
들과 잠을 자는 시적 화자, 이 시적 화자의 밤은 쥐들
이 갉아먹고, 그녀가 키우는 두 마리의 새 중 한 마리
는 죽어간다. 로자를 선망하는 새는 죽어가고, 룩셈부
르크를 그리워하는 새는 "광란의 아리아"처럼 울려 퍼
진다. 이제 부의 공정한 분배와 만인평등은 꿈조차도
꿀 수가 없게 되었고, 로자에 대한 선망이 크면 클수
록 더욱더 자본주의 사회의 복지국가인 룩셈부르크를

그리워하게 된다.

하지만, 그러나 룩셈부르크로 가는 길은 멀고 험난하고 영원히 갈 수가 없을 것이다. 자본주의 사회는 열쇠의 천국이고, "집집마다 비밀번호가 가득하고 얼굴에 가면을 쓴 사람들"이 산다. 자본이 천국이고, 자본이 상전이고, 자본이 신분증명인 사회에서의 진입장벽은 최하천민인 시적 화자로서는 도저히 돌파할 수가 없을 것이다. 정치자본, 경제자본, 학력자본, 문화자본 등, 이 사회는 자본의 크기에 의하여 폭력적인 서열제도가 존재하고, 따라서 계급없는 사회, 즉, 차별없는 사회는 존재하지 않는다. "복권을 사볼까, 운세를 볼까"라고 별에 별 궁리를 다해보지만, 시적 화자가 돌아갈 곳은 그가 그의 생을 끝마칠 고시원일 뿐이다.

아무튼, 어쨌든 그는 19세기 말에서 20세기 초로 가는 "타임캡슐을 타고/ 한여름 밤의 룩셈부르크를" 꿈꾼다.

김광섭
성북동 비둘기

성북동 산에 번지가 새로 생기면서
본래 살던 성북동 비둘기만이 번지가 없어졌다
새벽부터 돌깨는 산울림에 떨다가
가슴에 금이 갔다
그래도 성북동 비둘기는
하느님의 광장 같은 새파란 아침하늘에
성북동 주민에게 축복의 메시지나 전하듯
성북동 하늘을 한바퀴 휘 돈다

성북동 메마른 골짜기에는
조용히 앉아 콩알 하나 찍어먹을
널찍한 마당은커녕 가는 데마다
채석장 포성이 메아리쳐서
피난하듯 지붕에 올라앉아
아침 구공탄 굴뚝 연기에서 향수를 느끼다가

산1번지 채석장에 도루 가서
금방 따낸 돌 온기를 입에 닦는다

예전에는 사람을 성자처럼 보고
사람 가까이
사람과 같이 사랑하고
사람과 같이 평화를 즐기던
사랑과 평화의 새 비둘기는
이제 산도 잃고 사람도 잃고
사랑과 평화의 사상까지
낳지 못하는 쫓기는 새가 되었다

일찍이 맬서스는 전쟁과 가난을 '자연의 인구법칙'이라고 역설한 바가 있지만, 오늘날은 이상기후와 대유행병이 자연의 인구법칙이라고 할 수가 있다. 노벨이 예측한 대로, 대량살상무기와 원자폭탄에 의해서 제1차, 제2차 세계대전과도 같은 대규모적인 전쟁은 불가능해졌고, 산업혁명과 자연과학에 의하여 식량의 안정적인 생산과 보관이 가능해졌으며, 이 두 가지의 성과에 의하여 지난 20세기 초에서 21세기 초까지, 즉, 100년만에 50억 명 이상의 폭발적인 인구가 증가하게 되었다.

음이 있으면 양이 있고, 양이 있으면 음이 있다. 선이 있으면 악이 있고, 악이 있으면 선이 있다. 전쟁과 가난의 문제가 어느 정도 해결된 것도 같았지만, 그러나 인구의 폭발적인 증가는 이상기후와 함께 대유행병을 몰고 왔다고 할 수가 있다. 엘리뇨와 라니냐 현상

자연의 가뭄과 대홍수, 그리고 폭풍과 폭설과 폭염 등이 사시사철을 가리지 않고 나타났고, 에볼라, 사스, 메르스, 코로나, 조류독감, 광우병, 돼지열병과도 같은 대유행병이 전지구촌을 불안과 공포에 떨게 한다. 인구의 폭발적인 증가와 함께, 생태환경과 자연의 파괴에 대한 '자연의 인구법칙'이 작용을 한 것이다. 지난 20세기 초처럼 지구의 적정 인구는 20억 명 정도면 될 것이고, 나머지 50억 명은 이상기후와 대유행병이 살처분하면 될 것이다.

김광섭 시인의 「성북동 비둘기」는 한국의 대표적인 명시이며, 1960년대 문명비판의 차원에서 '사랑과 평화의 새'인 비둘기를 노래한 시라고 할 수가 있다. "성북동 산에 번지가 새로 생기면서/ 본래 살던 성북동 비둘기만이 번지가 없어졌다"는 것은 자연의 공간이 인간에 의해서 침탈을 당했다는 것을 뜻하고, "새벽부터 돌깨는 산울림에 떨다가/ 가슴에 금이 갔다"는 것은 성북동 비둘기의 몸과 마음이 다 훼손되었다는 것을 뜻한다. "그래도 성북동 비둘기는/ 하느님의 광장 같은 새파란 아침하늘에/ 성북동 주민에게 축복의 메시지나 전하듯/ 성북동 하늘을 한바퀴" 휘돌아 보지만, 이제 "성북동 메마른 골짜기에는/ 조용히 앉아 콩알 하나 찍어먹을/ 널찍한 마당은커녕 가는 데마다/ 채석장 포성"만이 들려온다. 가슴에 금이 간 성북동 비둘기는 "피난하듯 지붕에 올라앉아/ 아침 구공탄 굴뚝 연기에서 향수를 느끼다가/ 산1번지 채석장에 도루 가서/ 금방 따낸 돌 온기를 입에 닦는다."

자본주의 사회의 노동집약적인 산업은 농촌공동체를 붕괴시킨 대신, 인간에 의한, 인간만을 위한 대도시들을 탄생시켰다. 아주 좁고 제한된 공간에서 수많은 사람들이 살게 되었고, 그 결과, 무차별적인 자연을 훼손하게 되었다. 자연의 원주민들이라고 할 수 있는 수많은 곤충들과 새들과 짐승들과 나무들이 그들의 삶의 터전을 잃게 되었고, "예전에는 사람을 성자처럼 보고/ 사람 가까이/ 사람과 같이 사랑하고/ 사람과 같이 평화를 즐기던/ 사랑과 평화의 새"인 "비둘기는: 이제 산도 잃고 사람도 잃고/ 사랑과 평화의 사상까지/ 낳지 못하는 쫓기는 새가" 되었던 것이다. 김광섭 시인은 그의 대표작인 「성북동 비둘기」를 통해서 도시문명을 비판하고 인간과 비둘기가 공존하는 그런 자연을 노래했다고 할 수가 있다. 새는 사람을 어진 성자처럼 ㅅ

랑하고, 인간은 비둘기를 사랑과 평화의 새로서 사랑
한다. 「성북동 비둘기」의 시적 주조는 분노보다는 안타
까움이고, 이 안타까움 속에는 자연과 평화를 사랑하
는 그의 인문주의적 사상이 담겨 있다고 할 수가 있다.

하지만, 그러나 김광섭 시인의 「성북동 비둘기」는 그
래도 인간과 비둘기가 공존하는 자연회복의 가능성이
어느 정도 담겨 있었지만, 오늘날의 산비둘기가 아닌
도시비둘기는 사육된 비둘기이거나 거지 비둘기들에
지나지 않는다. 모든 비둘기들이 자연의 야성을 잃어
버리고 도시빈민처럼 쓰레기더미를 뒤지거나 인간이
던져주는 먹이를 주워먹는 거지 비둘기가 된 것이다.
산도 잃고, 사람도 잃고, 사랑과 평화의 사상까지도 낳
지 못하는 비둘기―. 자연과 인간, 비둘기와 인간은 더
이상 공존이 불가능해졌는데, 왜냐하면 인간의 문명과
문화보다도 자연의 파괴가 더욱더 끔찍하고 무서울 정
도로 진행되었기 때문이다.

더 이상 우주도, 자연도, 자연의 이상기후도 참지 못
할 대역죄인이 우리 인간들이며, 우리 인간들은 그 어
떤 대유행병보다도 더 독한 불치병의 바이러스라고 할
수밖에 없다.

자연을 파괴한 것도 인간이고, 사랑과 평화의 새인 비둘기를 죽인 것도 인간이다. 더 이상 우주공동체와 지구촌의 종말을 예방하기 위해서라도 무관용의 원칙에 따라 살처분하는 수밖에 없다.

박주용

동자승

산사의 새벽 종소리에
푸른 궁둥이 밀고 나온
풋감 하나

홍시의 처음이다.

시는 사상의 꽃이고, 사상은 시의 열매이다. 사상이
란 최고급의 지혜이며, 최고급의 지혜의 꽃인 시는 긴
말이 필요없다. 가장 짧고 간결한 말로, 사상의 꽃을
피우고, 인간 전체의 마음을 사로잡는다면 그것보다
더 좋은 시는 없을 것이다.

"산사의 새벽 종소리"는 사상의 꽃이 되고, "푸른 궁
둥이 밀고 나온/ 풋감 하나"는 사상이 된다. 산사의 새
벽 종소리에서 풋감 하나를 보고, 풋감 하나에서 어린
나이에 입산 수도 중인 동자승을 본다, 어린 나이에 입
산 수도 중인 동자승에서 부처를 보고, 이 부처의 지혜
에서 홍시를 본다.

홍시는 영양만점의 지혜이고, 홍시 앞에서는 만인
이 평등하다.

부처, 홍시—, 이 세상에서 가장 맛있고, 달콤한 사
상의 열매이다.

김혜영
마네의 풀밭에서

마네가 풀밭에 앉아 점심 식사를 한다
부르주아였던 마네는 양복을 입고
친구와 보르도 와인을 마신다
애인은 누드의 포즈로 앉아 있다

그녀의 옷을 마네가 벗겼는지
그녀가 스스로 벗었는지
풀밭 가장자리에 선 나무는 안다
새해 첫날,
식당 계산대에 앉은 돼지의 코를 본다
바이러스 열병에 걸려
생매장 당한 돼지들의 울음은 어디로 갔나

실비아 플래스는 「아빠」란 시에서
남편이었던 테드 휴즈에게

"개새끼!"라고 욕을 퍼붓는다

시는 아름다워야 한다는 관념을 부수는 고백시는
미국 문학사의 한 페이지를 장식했지
내일을 모르는 돼지처럼
우린 마네의 그림을 닮았지

살롱전에서 떨어져
낙선전에 그림을 걸었던 마네는 와인을 마신다
매독에 걸린 마네처럼 시는 우울하다

오르세 미술관으로 가는 비행기 티켓이 필요해
문학의 아우라는 어디서 오는 걸까
말랑말랑한 언어가 사랑받는 비법인가

에밀리 디킨슨은 평생 조명을 받지 못한 채
서랍 안에 시를 차곡차곡 쌓아두었고
실비아 플래스도 인정받지 못한 외로움에 슬펐지

고흐는 창녀를 사랑했지

슈만은 정신병동에 입원했었지
타히티 소녀의 알몸을 그리던
고갱도 지독한 매독에 걸렸지

푸른 풀밭에 앉은 아름다운 돼지들
뱃살이 뚱뚱해도 괜찮아, 실패해도 괜찮아
버림받아도 넌 아주 소중해
오늘 밤은 평안하게 잠을 자렴

천재와 둔재는 백지 한 장의 차이일 수도 있지만, 그러나 그 삶의 결과의 차이는 인간과 짐승의 차이보다도 더 크다. 천재는 고귀하고 위대한 인간으로서 전인류의 스승이 되고, 둔재는 진인류의 스승은커녕, "바이러스 열병에 걸려/ 생매장 당한 돼지들"처럼 전인류의 조롱거리가 된다. 천재의 삶은 누구에게나 허용되어 있지만, 그러나 천재의 삶을 살아가는 사람은 아주 극소수이고 예외적인 사람들일 수밖에 없다. 천재의 길은 만인들과의 반대방향에서 단 하나뿐인 자기 자신의 길이고, 그 어떤 친구나 형제도 없이 오직 자기 스스로 '만인 대 일인의 싸움'을 연출해내고 최종적인 승리를 이끌어 내지 않으면 안 된다.

인내의 천재, 집중력의 천재, 비판의 천재, 도덕의 천재, 종합능력의 천재, 명석한 두뇌의 천재 등, 이 천재들의 생애는 비참했지만, 그들이 '만인 대 일인의 싸움'에서 최종적인 승리를 이끌어냈을 때, 전지전능한 신과 모든 인간들이 불멸의 월계관을 씌워주지 않을 수가 없었던 것이다. 인상파 화가의 창시자인 마네는 살롱전에서 낙선을 했지만, 「풀밭 위의 점심식사」를 남기고 매독에 걸려 죽었다. 실비아 플래스는 남편이었던 테드 휴즈(영국의 계관시인)에게 "개새끼"라고 욕설을 퍼부으며 "시는 아름다워야 한다는" 고정관념을 깨뜨려 버렸다. 에밀리 디킨슨은 평생 조명을 받지 못해 "서랍 안에 시를 차곡차곡 쌓아두었고", 반고흐는 미치광이가 되어 권총자살을 했으며, "타히티 소녀의 알몸을 그리던" 폴 고갱도 매독은 물론, 문둥병 환자가 되어 죽었다.

이들은 모두가 다같이 "시는, 예술은 아름다워야 한다"는 전통과 역사와 그 가치관을 전복시킨 신성모독자들이었으며, 알콜중독과 마약중독, 우울증과 외로움, 가난과 매독, 정신병원과 자살 등의 저주받은 삶 자체를 살다가 간 천재들이라고 할 수가 있다. 김혜영 시인은 "푸른 풀밭에 앉은 아름다운 돼지들"을 반미학적으로 드러내며, "뱃살이 뚱뚱해도 괜찮아, 실패해도 괜찮아"라고 비웃으며, "바이러스 열병에 걸려/ 생매

장 당한 돼지들"의 비극적인 삶을 파헤친다. 아름답고
풍요로운 사회는 가난을 확대 재생산하며, 가난 위에
기초해 있는 사회이고, "푸른 풀밭에 앉은 아름다운 돼
지들", 즉, 부자들의 삶을 야유하고 조롱하고 있었던
것이다. 인간에 의한 인간의 착취가 사라지지 않는 한
아름답고 고귀한 삶은 없다는 것이 모든 저주받은 예
술가들의 전언이었던 것이다.

천재는 자기 자신을 탄생시키기 위하여 자기 자신을
죽이고, 자기 자신을 죽임으로써 새로운 인간으로 탄
생하게 된다. 김혜영 시인의 「마네의 풀밭에서」는 탐미
주의의 시이며, 저주받은 예술가들의 생애를 전인류의
영광으로 승화시킨 시라고 할 수가 있다.

천재는 하늘의 은총을 받은 사람이며, 그의 지혜는
전인류의 스승이라는 월계관을 쓰고, 머나먼 미래에서
날아와 「풀밭 위의 점심식사」를 즐기게 된다.

저기 저 별빛은 백억 광년 전의 별빛이고, 저기 저
별빛은 십억 광년 전의 별빛이다. 모든 천재들은 머나
먼 과거에서 미래로 날아갔던 사람들이고, 그들의 반
역사적인 힘이 있었기 때문에 인류의 역사는 움직여
나간다.

칸트, 헤겔, 마르크스, 쇼펜하우어, 니체 등, 이 철학자들 중, 어느 한 사람을 제대로 공부하고자 한다면 적어도 한 10년은 걸리게 될 것이다. 니체가 그 뿌리를 두고 있는 고대 그리스 철학과 문학, 그리고 그가 그토록 열심히 공부했던 단테, 셰익스피어, 괴테, 데카르트, 라이프니츠, 스피노자, 칸트, 헤겔, 마르크스, 쇼펜하우어 등─.

너무나도 까마득한 고산영봉들이며, 가도 가도 끝이 없는 망망대해들이라고 하지 않을 수가 없다. 따지고 보면 니체를 공부한다는 것만도 10년, 아니 20년은 더 걸리게 될 것이다.

사상이나 이론의 최전선을 따라잡는 것도 쉬운 일은 아니지만, 그 사상과 이론의 창시자가 된다는 것은 그야말로 밤하늘에서의 별따기보다도 더 어렵다. 아침에 일어나 하루 세 끼 밥을 먹고 자듯이, 글을 쓰고 공부를 하는 것도 그와도 똑같은 일이다. 글을 쓰고 공부를 한다는 것도 밥을 먹는 것이며, 밥을 먹는다는 것은 자기 자신의 육체(정신)를 보존한다는 것이다(반경환, 『쇼펜하우어』).

서정란
꽃구름 카페

벚나무 허공에다 꽃구름 카페를 열었습니다
밤에는 별빛이 내려와 시를 쓰고
낮에는 햇빛이 시를 읽는 허공카페입니다

곤줄박이며 콩새 방울새 박새 오목눈이까지
숲속 식솔들이 시를 읽고 가는가 하면
벌과 나비 바람둥이 바람까지
시를 어루만지고 가는 꽃구름 카페입니다

공원을 한 바퀴 돌고나서 나도
꽃구름카페 아래 쉬어갑니다
벚꽃 닮은 매화, 매화 닮은 벚꽃
어느 것이 진품이고 어느 것이 모사품일까,
생각을 하는 나에게
자연은 위작도 모사품도 모르는 신의 창작품이라고

팔랑팔랑 허공을 떠다니는 꽃잎이 일러 줍니다

잠시 불온한 생각에 붉어진 얼굴로

꽃구름카페 휴식차를 마십니다

시는 열정이 전부이고, 시적 열정은 불탄다. 「망중한」에서도 천년 만년 노래하는 시인을 꿈꾸고 있는 것이 그것을 말해주고, 태양보다 강렬하고 죽어도 죽지 않는 반고흐를 찬양하고 있는 「밀 익는 마을」이 그것을 말해준다. 이 모든 것이 서정란 시인의 시적 열정의 소산이며, 「꽃구름 카페」는 그의 '황금의 자연'의 진수라고 하지 않을 수가 없다. 벚나무가 허공에다 꽃구름 카페를 열었고, 밤에는 별빛이 내려와 시를 쓰고, 낮에는 햇빛이 시를 읽고 가는 허공카페이다. "곤줄박이, 콩새, 방울새, 박새, 오목눈이까지/ 숲속 식솔들이 시를 읽고 가는가 하면/ 벌과 나비 바람둥이 바람까지/ 시를 어루만지고 가는 꽃구름 카페"이다. 시인은 공원을 한 바퀴 돌고나서도 꽃구름 카페에서 쉬어가고, 때로는 "벚꽃 닮은 매화, 매화 닮은 벚꽃/ 어느 것이 진품이고 어느 것이 모사품일까"라고 의문을 가져보기도 하고

만, 그러나 이내 그는 이 모든 것이 "위작도 모사품도 모르는 신의 창작품이라"는 것을 깨닫는다. 따라서 그는 잠시 불온한 생각, 즉, 자연의 창작품에 의문을 가졌던 생각들을 반성하며, 꽃구름 카페에서 '휴식차'를 마신다. 반성은 진실이고, 진실은 하늘을 감동시키며, 황금의 자연을 펼쳐 보인다. 사유의 꾸밈도 없고, 상상력의 꾸밈도 없다. 시인과 사물, 벚꽃과 매화, 수많은 새와 동물들이 조화를 이루며, 모든 것이 다 갖추어져 있고, 어느 것 하나 부족한 것이 없다. 모든 낙원은 시의 낙원이며, 무한한 시적 열정을 갖고 최고급의 인식의 제전에서 승리한 시인만이 이처럼 「꽃구름 카페」와도 같은 시를 창출해낼 수가 있다. 시인은 천지창조주이며, 황금의 자연이고, 그 어떤 신들보다도 더 위대하다. 시인이 있고 말이 있으며, 말이 있고 신이 있다.

얼치기 시인은 뜬 구름 속에서 시를 찾고, 진정한 시인은 현실 속에서 시를 찾는다. 얼치기 시인은 시야가 좁고 그 좁음을 은폐하기 위해 공허한 말장난과 기교를 부리고, 진정한 시인은 시야가 넓고 그 어떤 시적 기교도 부리지 않은 채 자기 스스로 판단하고, 새로운 사건와 그 현상들을 명명한다.

서정란 시인의 「꽃구름 카페」는 내가 들어본 카페 중에서 가장 아름다운 말이며, 전인류를 감동시킬 만한 신선한 충격과 독창적인 세계를 보여준다. 벚나무, 별빛, 햇빛, 꽃구름, 곤줄박이, 콩새, 방울새, 박새, 오목눈이 등도 살아 있고, 숲속의 식솔들, 벌과 나비, 바람둥이 바람, 벚꽃, 매화, 진위를 의심하는 시인과, 이내 그것을 반성하며 '꽃구름 카페'에서 '휴식차'를 마시는 시인도 살아 있으며, 이 극적인 이야기 속에 '황금의 자연의 교향곡'이 울려퍼진다. 세목의 진정성 이외에도 전형적인 상황에서의 전형적인 인물의 창조, 즉, 현실주의의 승리이자 이상주의의 승리이고, 이상주의의 승리이자 시인 정신의 승리라고 할 수가 있다. 「꽃구름 카페」는 서정란 시인의 '시의 공화국'이며, 이 「꽃구름 카페」는 그의 언어와 일곱 번째 시집 속에, 아니, 우리 한국어의 영광 속에 오늘도, 내일도, 영원히 열려 있을 것이다. 아아, 자유와 평화와 사랑과 믿음과 만인 평등이라는 사상의 꽃으로—.

김도우

문어

아버지와 식탁에 앉았다
어둠 속에서 아버지의 굵은 목울대가 꿈틀거렸다
초점 없는 눈빛이 접시에 굴러다녔다
쫄깃하게 씹히는 비릿한 기억

아버지가 흔들릴수록
조여오는 빨판
아버지와 나 사이 바람이 드나들고
질긴 삶이 토막토막 잘려진 채
접시에 담겨있다

사는 것이 독하다
씹어도 씹어도 삼켜지지 않는
문어 한 조각
보안대서 권총 차고 호령하던 아버지 간데없고

홀로 다섯 남매 부둥켜 안았다

문어는 펄펄 끓는 물에서도
온몸을 뒤틀었다

동양에서 문어는 사람의 머리를 닮았고 먹물을 뿜는다고 하여 글을 아는 선비의 상징으로 존경을 받았다. 하지만, 그러나 서양에서의 문어는 선박을 침몰시키고 다리가 여덟 개나 달린 괴물(탐욕의 상징)로 간주하여 먹지를 않는다고 한다.

김도우 시인의 「문어」는 먹는 문어와 먹히는 문어의 상관관계를 '잔인성의 미학'으로 노래한 시라고 할 수가 있다. "보안대서 권총 차고 호령하던 아버지"는 먹이사슬의 최정점에 있었던 아버지이지만, 이제는, 거꾸로 "초점 없는 눈빛"과 "아버지가 흔들릴수록/ 조여오는 빨판"이라는 시구에서처럼, 그것이 저승사자이든, 죽음의 신이든지 간에, 타자에 의하여 잡아먹혀야 하는 문어가 된 것이다. 사는 것은 독하고, 사는 것은 잔인하다. 씹어도 씹어도 삼켜지지 않고, 펄펄 끓는 물에 집어 넣어도 온몸을 뒤틀며 저항한다.

때는 저녁이고, 시적 화자는 아버지와 식탁에 앉았다. 시적 화자와 아버지는 문어를 삶아먹는지, "아버지의 굵은 목울대가 꿈틀"거리는 것을 보고, "초점 없는 눈빛이 접시에 굴러다녔다/ 쫄깃하게 씹히는 비릿한 기억"을 떠올려 본다. "아버지가 흔들릴수록/ 조여오는 빨판"은 "보안대서 권총 차고 호령하던 아버지"가 이제는 잡아먹혀야 할 문어가 되었다는 것을 뜻하고, "아버지와 나 사이 바람이 드나들고/ 질긴 삶이 토막토막 잘려진 채/ 접시에 담겨있다"는 것은 실제의 문어가 시적 화자와 아버지의 객관적 상관물이라는 것을 뜻한다.

　　아버지가 문어가 되고, 문어가 아버지가 된다. 아버지가 젊고 힘 있는 문어일 때는 문어를 삶아 토막토막 잘라먹을 수가 있었지만, 아버지가 늙고 가난하고 힘 없는 문어일 때는 타자에게 사로잡혀 토막토막 잘라먹히는 문어일 수밖에 없는 것이다.

　　사람의 머리를 닮은 문어, 글을 아는 선비의 상징인 문어, 온갖 선박을 침몰시키고, 탐욕의 상징인 빨판으로 모든 것을 다 잡아먹는 문어—. 사는 것은 독하고, 사는 것은 잔인하다. 홀로 다섯 남매를 부둥켜 안은 문어, 그토록 질기디 질긴 삶이 토막토막 잘려진 문어, 씹어도 씹어도 삼켜지지 않는 문어—. 산다는 것은 타인의 숨통을 끊으며, 그 몸통을 토막토막 잘라먹는 것이다.

잡아먹는 문어가 잡아먹히는 문어가 되고, 잡아먹히는 문어가 잡아먹는 문어가 된다. 산다는 것은 먹이사슬의 이쪽에서 저쪽으로 건너간다는 것을 뜻하고, 죽는다는 것은 먹이사슬의 저쪽에서 이쪽으로 건너온다는 것을 뜻한다.

토막토막 잘라먹는다는 것은 장엄함이 되고, 토막토막 잘라먹히는 것은 비장함이 된다.

이 세상에서 먹고 먹히는 것보다 더 아름다운 예술은 없다.

　　문어는 펄펄 끓는 물에서도
　　온몸을 뒤틀었다

조재형

할머니의 컬러프린터

외갓집 뒤꼍에 손바닥만 한 텃밭
할머니가 사용하는 프린터
할아버지 유품인데 철따라 식물도감을 펴낸다

오래된 중고인데 멀쩡하다
호미와 팽이가 수리를 도맡는데
부지런한 틈바구니에서 쉴 틈이 없다

이런 텃밭을 고장나게 하다니
잡초는 나쁜 녀석들이다
호미에게 야단을 맞아도 그때뿐
뽑아내도 뽑아내도
돌아서면 들이대는 골칫덩이다

때때로 갈아 끼우던 잉크는

할머니의 땀방울이다
직장에서 쫓겨난 막내 삼촌 걱정으로
남몰래 훌쩍이던 눈물이 보조 잉크다

함박눈 펑펑 내리는 한겨울이면
텃밭은 시동을 꺼놓는다
눈사람을 마당에 세워두고
옛날이야기를 점검하기 위해서다

그런 텃밭이 요사이 시무룩하다
요양원으로 뽑혀간 할머니 때문이다
과일이랑 채소를 더 이상 찍어낼 수 없다

봇짐을 정리해 오려고 주말에 들렀거든
그런데 글쎄
작동을 멈춘 텃밭에서
철모르는 잡초들만 신바람이 났더라

이 세상에서 가장 힘이 센 것은 상상력이고, 이 세상에서 가장 빠른 것도 상상력이며, 이 세상에서 가장 아름다운 것도 상상력이다. 하늘과 땅을 상상하니 하늘과 땅이 있게 되었고, 새들과 우주비행선을 상상하니 새들과 우주비행선이 하늘을 날아다닐 수 있게 되었다. 고래와 상어를 상상하니 고래와 상어가 살게 되고, 코끼리와 하마를 상상하니 코끼리와 하마가 살게 되었다. 상상력은 만물을 창조하고, 상상력은 그 모든 것들이 다 조화를 이루며, 자유롭고 행복한 삶을 살아가게 한다. 시인은 예술가 중의 예술가이며, 시인에 의하여 아름답고 행복한 이 세계가 창조된다.

조재형 시인의 「할머니의 컬러프린터」는 할머니에 대한 사랑으로 농촌사회의 텃밭을 현대화시키고, 이 텃밭의 기능을 오늘날의 컬러프린터로 변용시킨다. 농촌의 텃밭을 현대문명의 총아인 컬러프린터로 변용시키다니, 조재형 시인은 상상력의 천재이며, 이 천재적인 힘으로 할머니의 텃밭 세상을 창출해낸다. "외갓집 뒤꼍의 손바닥만 한 텃밭"은 "할머니가 사용하는 프린터"이며, 이 프린터는 할아버지의 유품이지만, 사시사철 총천연색 식물도감을 펼쳐낸다.

「할머니의 컬러프린터」는 오래된 중고이지만 아직도 멀쩡하고, "호미와 괭이가 수리를 도맡는데/ 부지런한 틈바구니에서 쉴 틈이 없다." 이 텃밭, 이 컬러프린터를 고장나게 하는 것은 잡초이며, 호미와 괭이에게 야단을 맞아도 그때뿐, "뽑아내도 뽑아내도/ 돌아서면" 또다시 고장나게 하는 나쁜 녀석들이다. "때때로 갈아 끼우던 잉크는/ 할머니의 땀방울"이고, "직장에서 쫓겨난 막내 삼촌 걱정으로/ 남몰래 훌쩍이던 눈물이 보조 잉크다." 함박눈 펑펑 내리는 한겨울이면 텃밭은 시동을 꺼놓고 눈사람을 마당에 세워두고 옛날이야기, 즉 텃밭의 역사를 또다시 공부한다. 텃밭은 할아버지의 할아버지, 또는 할머니의 할머니들의 땀과 눈물의 역사이며, 이 역사를 통해 삶을 일구고, 그리하여 미래의 꿈을 창출해내지 않으면 안 된다. 과거와 현재와의 대화를 통해 미래의 꿈을 창출해내는 것, 이 역사 발전의 사명과 의무감은 모든 후손들의 책임이기도 한 것이다.

하지만, 그러나 "그런 텃밭이 요사이 시무룩"한데, 왜냐하면 외할머니가 "요양원으로 뽑혀"갔고, 더 이상 "과일이랑 채소를" 찍어낼 수가 없게 되었기 때문이다. 할머니는 늙고 병들었고, 이제는 할머니의 대를 이을 후손마저도 없게 되었다. 따라서 "봇짐을 정리해 오려고 주말에" 들렀더니, 과일이랑 채소는 전혀 보이지를 않고, 온통 "철모르는 잡초들만 신바람이" 나 있었던 것이다. 주인없는 빈집은 폐가가 되고, 폐가의 주인은 잡초가 된다. 우리 땅—우리나라를 못 지키면 우리는 노예가 되고, 우리 땅—우리나라에는 미군(중국군, 일본군)이 들어와 주인의 행세를 하게 된다.

텃밭은 할머니의 컬러프린터였고, 할머니의 컬러프린터는 우리들의 가정이었고, 삶의 터전이었으며, 사사사철 농작물이 자라나는 예술작품이었다. 자연의 텃밭을 현대문명의 총아인 컬러프린터로 변용시키고, 할머니의 역사를 컬러프린터로 찍어내는 조재형 시인이야말로 상상력의 천재이자 최고의 예술가라고 할 수가 있다.

시인은 만물의 창조주이다. 천동설, 지동설, 블랙홀 이론, 상대성 이론, 양자역학, 고전주의, 낭만주의, 현실주의, 초현실주의, 공산주의, 구조주의, 탈구조주의 등, 모든 사상과 이론은 다 상상력의 산물이고, 상상력은 모든 일상적이고 친숙한 것들, 즉, 역사와 전통 등을 다 갈아엎고 파헤친다.

모든 혁명의 힘은 상상력이다. 상상력이 가장 힘이 세고, 상상력이 가장 빠르고, 상상력이 가장 아름답다. 시인은 예술가 중의 예술가이며, 상상력의 창조주인 시인은 혁명가일 수밖에 없다.

무대는 외갓집 텃밭, 주인공은 할머니, 보조인물은 호미와 괭이, 반동인물은 잡초, 구조는 극적인 구조, 극본도 조재형, 연출도 조재형, 내레이션, 즉, 이야기의 진행자도 조재형—.

오늘도, 지금 이 순간에도 조재형 시인의 더없이 아름답고 슬픈 이야기가 「할머니의 컬러프린터」에 의하여 찍혀 나온다.

이문재

소금창고

염전이 있던 곳
나는 마흔 살
늦가을 평상에 앉아
바다로 가는 길의 끝에다
지그시 힘을 준다 시린 바람이
옛날 노래가 적힌 악보를 넘기고 있다
바다로 가는 길 따라가던 갈대 마른 꽃들
역광을 받아 한 번 더 피어 있다
눈부시다
소금창고가 있던 곳
오후 세 시의 햇빛이 갯벌 위에
수은처럼 굴러다닌다
북북서진하는 기러기 떼를 세어보는데
젖은 눈에서 눈물 떨어진다
염전이 있던 곳

나는 마흔 살

옛날은 가는 게 아니고

이렇게 자꾸 오는 것이었다

나는 십오 세에 학문에 뜻을 두었고, 삼십 세에 홀로 섰으며, 사십 세에는 의심이 나는 점이 하나도 없었다. 오십 세에는 천명을 알았고, 육십 세에는 모든 말들을 다 순순히 받아들였으며, 칠십 세에는 어느 것을 해도 모자라거나 부족한 것이 없었다吾十有五而志於學, 三十而立, 四十而不惑, 五十而知天命, 六十而耳順, 七十而從心所欲不踰矩. 서양 철학의 아버지가 소크라테스라면 동양철학의 아버지는 공자라고 할 수가 있다. 공자의 이 말씀은 학문의 즐거움에 기초해 있으며, 이 세상의 삶의 찬가라고 할 수가 있다.

하지만, 그러나 우리 한국인들은 공자의 사상을 근본적인 학문의 목표로 삼아 왔으면서도 '사십이불혹'을 허무주의자의 그것으로만 받아들여 왔던 것이다. '사십이불혹'이 이 세상의 삶의 이치와 그 진리를 다 깨달은 자의 희열의 기쁨이 아니라, 어느 새 나이가 사십

즉, 그동안 어떤 것도 이룩해내지 못한 자의 슬픔의 명제로 받아들였던 것이다. 자아의 발전사가 세계의 형성사가 되고, 세계의 형성사가 자아의 발전사가 되는 것이 학문의 목표라면 우리 한국인들은 학문의 즐거움은커녕, 학문의 목표마저도 상실하고 공자의 희열의 기쁨마저도 '슬픔의 비가'로 변주시켜왔던 것이다. 끊임없이 이민족의 침략 앞에 무릎을 꿇고 이민족의 역사와 전통을 받아들였던 약소민족의 한과, 태어남과 동시에 모든 가능성이 막혀 버렸던 한이 우리 한국인들의 허무주의 사상의 토대가 되었던 것이다.

이 세상에 태어난 것도 허무하고, 사는 것도 허무하고, 죽는 것도 허무하다. 돈과 명예와 권력도 부질없고, 자유와 사랑과 평등도 부질없고, 낭만과 꿈과 희망도 부질없다. 이문재 시인의 「소금창고」 역시도 허무주의 사상에 침윤되어 있으며, 그 슬픔의 정조가 "나는 마흔 살/ 옛날은 가는 게 아니고/ 이렇게 자꾸 오는 것이었다"라는 회고취미를 불러 들인다. 회고취미는 심리적인 퇴행이며, 더 이상 역사의 발전을 기록할 수 없는 자의 심리적인 도피처일는지도 모른다. 왜, 소금창고인가? 이문재 시인은 한강과 임진강이 만나는 곳,

즉, 경기도 김포 출신이며, 그가 살았던 곳은 소금창고가 있었기 때문이었을 것이다. 그가 마흔 살에 "염전이 있던 곳", "늦가을 평상에 앉아/ 바다로 가는 길의 끝에다/ 지그시 힘을 준다." "바다로 가는 길의 끝에다/ 지그시 힘을 준다"는 것은 염전이 있던 곳에서 바다로 가는 길을 끊임없이 바라보고 있다는 것을 뜻한다. "시린 바람이/ 옛날 노래가 적힌 악보를 넘기고" 있었고, "바다로 가는 길 따라가던 갈대 마른 꽃들"이 "역광을 받아 한 번 더 피어" 있었다. "눈부시다/ 소금창고가 있던 곳/ 오후 세 시의 햇빛이 갯벌 위에/ 수은처럼 굴러다닌다". "북북서진하는 기러기 떼를 세어보는데/ 젖은 눈에서 눈물 떨어진다."

하지만, 그러나 이 아름다운 고향땅, 모든 것이 눈부신 오후 세 시에 왜 그의 눈에서는 눈물이 나는 것일까? 이때의 눈물은 감격의 눈물이나 금의환향의 눈물과는 전혀 다른 슬픔의 눈물일 수밖에 없는데, 왜냐하면 이제는 염전도, 소금창고도 다 없어졌기 때문이다. 청운의 푸른 꿈도 좌절되었고, 그 옛날의 이상낙원과도 같았던 고향땅도 더 이상 고향땅이 아니었다. 떠나갈 곳도, 돌아갈 곳도 없는 떠돌이—나그네의 우울함

과 쓸쓸함이 그 옛날의 추억을 소환하여 더없이 아름
답고 슬픈 서정적인 노래를 부르게 하고 있는 것이다.

> 염전이 있던 곳
> 나는 마흔 살
> 옛날은 가는 게 아니고
> 이렇게 자꾸 오는 것이었다

　나이 마흔 살에 할 일도 없고, 삶의 즐거움도 없다.
북북서진하는 기러기 떼는 갈 곳이 있지만, 내가 가야
할 곳은 기껏해야 소금창고가 있던 곳에서 그 옛날을
회상해 보는 것 뿐이다.
　빛과 소금, 빛과 소금은 떠돌이─나그네의 이상적인
낙원의 상징이며, 이문재 시인의 티없이 맑고 순수한
눈물의 결정체라고 할 수가 있다.
　모든 인간들이 자기 자신을 잃어버리고, 인공지능과
컴퓨터의 지배를 받고 있는 시대에, 과연 더 이상의 서
정시가 가능할 것인가?
　점점 더 서정시의 위상이 축소되어 가고 있고, 과학
이 모든 서정시를 대청소해 가고 있다.

오오, 빛과 소금이여!
오오, 이문재 시인의 소금창고여!

황지우
너를 기다리는 동안

네가 오기로 한 그 자리에
내가 미리 가 너를 기다리는 동안
다가오는 모든 발자국은
내 가슴에 쿵쿵거린다
바스락거리는 나뭇잎 하나도 다 내게 온다
기다려 본 적이 있는 사람은 안다
세상에서 기다리는 일처럼 가슴 애리는 일 있을까
네가 오기로 한 그 자리에, 내가 미리와 있는 이곳
에서
문을 열고 들어오는 모든 사람이
너였다가
너였다가, 너일 것이었다가
다시 문이 닫힌다
사랑하는 이여
오지 않는 너를 기다리며

마침내 나는 너에게 간다

아주 먼 데서 나는 너에게 가고

아주 오랜 세월을 다하여 너는 지금 오고 있다

아주 먼 데서 지금도 천천히 오고 있는 너를

너를 기다리는 동안 나도 가고 있다

남들이 열고 들어오는 문을 통해

내 가슴에 쿵쿵거리는 모든 발자국 따라

너를 기다리는 동안 나는 너에게 가고 있다

만일 네가 내일 온다면 나는 오래 전부터 설레였을 것이고, 오늘 밤은 반드시 잠을 이루지 못할 것이다. 네가 오후 다섯 시에 온다면 나는 세 시부터 미리 나가 기다렸을 것이고, 손에 손을 맞잡고 끊임없이 미래의 이야기꽃을 피우며 술잔을 기울일 것이다. 네가 나타 날 시간이 다가오면 "다가오는 모든 발자국은/ 내 가 슴에 쿵쿵거릴" 것이다. "세상에서 기다리는 일처럼 가 슴 애리는 일"도 없고, "네가 오기로 한 그 자리에, 내 가 미리 와 있는 이곳에서" "문을 열고 들어오는 모든 사람이" "너였다가, 너일 것이었다가 다시 문이" 닫힐 것이다. "오지 않는 너를 기다리며" "나는 너에게" 가 고, 너는 "아주 오랜 세월을 다하여" "아주 먼 데서 지 금도 천천히 오고" 있을 것이다. "사랑하는 이여/ 오 지 않는 너를 기다리며/ 마침내 나는 너에게" 가고, 너 역시도 "남들이 열고 들어오는 문을 통해" 마침내 나타날 것이다.

　네가 소크라테스라면 나는 알렉산더 대왕이고, 네가 데카르트라면 나는 나폴레옹 황제이다. 네가 칸트라면 나는 조지 워싱턴이고, 네가 니체라면 나는 만델라이다. 네가 공자라면 나는 진시황제이고, 네가 이순신이라면 나는 세종대왕이다. 기다림은 떨림이고, 기다림은 졸임(애림)이고, 기다림은 약속이고, 기다림은 만남이다. 기다림은 사랑이고, 기다림은 꿈이고, 기다림은 꿈의 실현이고, 기다림은 모든 기적의 힘이다. 내가 그처럼 오지 않는 너를 기다리고 있는 것은 전인류의 스승인 너와 내가 손을 잡고 영원한 대한제국을 건설하고 싶었기 때문이다.

　황지우 시인의 「너를 기다리는 동안」은 기다림의 존재학이자 기다림의 사회학이고, 기다림의 심리학이라고 할 수가 있다. 기다림은 나의 존재의 근거이고, 기다림은 우리들의 삶(관계)이고, 기다림은 그 간절한만큼 가슴 떨리는 설레임이 되어준다. 황지우 시인의 「너를 기다리는 동안」은 기다림에 대한 역사 철학적인 인식이 '기다림의 미학'으로 승화된 시라고 할 수가 있다.

　소크라테스, 칸트, 니체, 쇼펜하우어, 호머, 괴테,

셰익스피어 등을 공부하다가 보면 그들의 명명의 힘(사상의 힘)이 알프스의 고산영봉처럼 빛난다. 모든 사건과 현상들을 스스로 발견하고 가치평가하며, 그 아름답고 장중한 문체로 모든 인간들의 마음을 사로잡는다. 공부는 기다림이고, 기다림은 자기 자신의 꿈과 전인류의 꿈을 가꾸는 것이다.

사상과 이론의 숲은 천년, 만년 영원하며, 전인류의 젖과 꿀이 되어준다.

박언숙
드라이플라워

영원히 변하지 않겠다는 굳은 약속

바람 앞에 지킬 수 없음을 알게 된 후

마음은 여려 속절없이 허물어지는 여자

온 몸 물에 젖어 날마다 새파랗게 떨던 여자

마침내 마음자리 묶어 거꾸로 매달려진 여자

짓궂은 바람이 쉴 새 없이 흔들어대는 창가

솜털 하나 빠짐없이 꼿꼿이 날 세우는 여자

길고 지루했던 생애 마음은 버리고 몸만 남긴 채

꼬장꼬장한 영혼의 뼈대만 아프게 버티고 있다

질끈 봉인한 은밀한 추억 한결 느슨해지고

수시로 그렁거리던 눈물 흔적 하얗게 지운 오후

드디어 저 여자 영생불멸에 드는가 보다

잠시 캄캄하고 부쩍 가벼워졌다

오, 저런

부서지는 기억일랑 그저 바라보기만 하라고

저 허공이 붙들고 있는 등신불 같은

사랑하는 사람을 선택하면 가난하게 살아야 하고, 돈 많은 사람을 선택하면 사랑없는 삶을 살아야 한다. 사랑하는 사람을 선택하면 불효를 저지르게 되고, 부모님의 뜻을 따라가면 사랑없는 삶을 살아야 한다. 전자는 심순애의 문제였고, 후자는 줄리에트의 문제였다. 가난하게 사는 것도 싫고, 부모님의 뜻도 거역하기 싫어서 때를 놓치고 혼자 사는 여인도 있을 것이다.

혼자 산다는 것, 그러나 이것처럼 외롭고 쓸쓸한 삶도 없을 것이다. 자연의 순리를 거스르며 무리로부터 이탈하여 모든 즐거움과 기쁨을 단념해야 한다는 것은 천형의 형벌과도 같은 삶에 지나지 않는다. "영원히 변하지 않겠다는 굳은 약속"을 지키지 못한 여자 "바람 앞에 지킬 수 없음을 알게 된 후/ 마음은 여리 속절없이 허물어지는 여자," "온 몸 물에 젖어 날마다 새파랗게 떨던 여자/ 마침내 마음자리 묶어 거꾸로 !

달려진 여자"―. 약속은 상호간의 신뢰와 믿음의 약속
이며, 이 상호간의 신뢰와 믿음이 깨어지면 무차별적
인 복수와 폭력이 난무하게 된다. 따라서 이 약속을 강
제하려고 도덕과 법률이 제정되고, 약속을 깨뜨리거나
파기하는 상습범은 그 사회로부터 격리를 당한다. 정
의와 사랑도 약속에 기초해 있고, 행복과 평화도 약속
에 기초해 있다.

　　박언숙 시인의 「드라이플라워」의 여자는 "영원히 변
하지 않겠다는 굳은 약속"을 파기한 여자이며, 수많은
후회와 자책 속에 "짓궂은 바람이 쉴 새 없이 흔들어대
는 창가"에 "솜털 하나 빠짐없이 꼿꼿이 날 세우는 여
자"이다. "길고 지루했던 생애 마음은 버리고 몸만 남
긴 채/ 꼬장꼬장한 영혼의 뼈대만 아프게 버티고 있
다." "질끈 봉인한 은밀한 추억 한결 느슨해지고/ 수시
로 그렁거리던 눈물 흔적 하얗게 지운 오후", 드디어,
마침내 "영생불멸"에 들게 되었다. 영혼(마음)이 빠져
나가고 몸만 남았다는 것은 수많은 후회와 자책감의
강도를 말하고, "꼬장꼬장한 영혼의 뼈대만 아프게 버
티고 있다"는 것은 "수시로 그렁거리던 눈물의 흔적을
하얗게" 지웠다는 것을 뜻한다. 하늘이 무너져내려도

약속은 지켜져야 하지만, 그러나 그 약속이 깨어짐으로써 이 세상의 삶이 있게 된다. 정의, 사랑, 행복, 평화 등은 하나의 이상이고 신기루에 지나지 않으며, 그것들이 사실 그대로 실현된다면 이 세상의 삶이 없게 된다. 이 세상에는 지킬 수 있는 약속도 있고, 지킬 수 없는 약속도 있으며, 한사코 지키기 싫은 약속도 있다. 우리는 약속에 살고 약속에 죽지만, 그러나 이 약속은 천재지변과 상호간의 이해타산과 타인들의 간섭과 함정에 의하여 언제, 어느 때나 파기될 수도 있다. 때로는 강철보다도 더 튼튼하고, 때로는 살얼음보다도 더 잘 깨지는 것이 약속이다. 전지전능한 신도 없고, 이상적인 낙원도 없다. 정의, 사랑, 행복, 평화 등이 실현되어야 하지만, 그러나 그것이 실현되지 않고, 그것을 찾아가는 과정 속에 정의, 사랑, 행복, 평화 등은 그 명맥을 유지하게 된다. 약속은 반드시 지켜져야 하지만, 그 약속을 파기한 자로서의 수많은 후회와 자책, 또는 진정한 반성과 참회 속에서 진정한 성자의 삶을 살아갈 수가 있다. 예수, 부처, 마호메트, 제우스, 시바 등은 '파약의 상습범'들이며, 모든 문화적 영웅들의 삶이 비극적이라는 사실이 그것을 증명해준다.

즉심시불卽心卽佛, 일체유심조一切唯心造. 마음이 부처이며, 이 세상의 모든 것은 인간의 마음이 지어낸 것이다. 박언숙 시인의 「드라이플라워」는 '파약의 아픔'이 마른꽃이 되고, 이 마른꽃이 부처가 된 여인을 찬양한 시라고 할 수가 있다. 영원히 변하지 않겠다는 굳은 약속을 파약하고, 수많은 후회와 자책 속에 자기 스스로 천형의 형벌의 삶을 살고 있는 여인은 그 마음의 고결함과 진실함으로 저 허공, 저 하늘을 바치고 있는 등신불等身佛이 된 것이다. 극락은 없지만 부처의 마음 속에 있고, 천국은 없지만 제우스의 마음 속에 있다.

박언숙 시인의 「드라이플라워」는 약속의 땅이며, 이상적인 천국이라고 할 수가 있다.

인간은 유한하지만, 시인은 전지전능하다.

김기택
밥 생각

차가운 바람 퇴근길 더디 오는 버스 어둡고 긴 거리

희고 둥근 한 그릇 밥을 생각한다

텅 비어 쭈글쭈글해진 위장을 탱탱하게 펴줄 밥

꾸룩꾸룩 소리나는 배를 부드럽게 만져줄 밥

춥고 음침한 뱃속을 따뜻하게 데워줄 밥

잡생각들을 말끔하게 치워버려주고

깨끗해진 머릿 속에 단정하게 들어 오는

하얀 사기 그릇 하얀 김 하얀 밥

머리 가득 밥 생각 마음 가득 밥 생각

밥 생각으로 점점 배불러지는 밥 생각

한 그릇 밥처럼 환해지고 동그래지는 얼굴

그러나 밥을 먹고 나면 배가 든든해지면

다시 난폭하게 밀려들어올 오만가지의 잡생각

머릿속이 뚱뚱해지고 지저분해지면

멀리 아주 멀리 사라져버릴 밥 생각.

최금녀 시인은 이 세상에서 가장 맛있는 밥은 한솥
밥이라고 노래한 바가 있었지만, 그러나 그것은 노래
가 아니라, 이산가족의 한이 담긴 절규라고 할 수가 있
다. 이 세상에서 가장 중요한 것은 밥이며, 어떤 밥을
먹느냐에 따라서 그의 사회적 지위와 출신성분을 알 수
가 있는 것이다. 쌀을 주식으로 하는 사람들은 농경민
의 자손이고, 빵과 우유와 고기를 주식으로 하는 사람
들은 유목민의 자손이고, 빵이나 쌀, 또는 어패류를 주
식으로 하는 사람들은 어부의 자손일 것이다. 모든 역
사가 지리에서 시작되듯이 인간의 식생활의 역사도 그
민족의 지정학적 위치와 그 풍습에서 유래하게 된다.
한솥밥은 부모형제, 즉, 민족주의를 뜻하는 밥이며, 이
민족과는 역사와 전통과 문화적 차이로 인하여 한솥밥
을 먹을 수가 없다는 것을 뜻한다. 모든 역사는 밥그릇
싸움의 역사이며, 언제, 어느 때나 불리한 위치에 놓여

있었던 자들이 그 불리함을 역전시키고자 일으켰던 밥그릇 싸움이라고 할 수가 있다.

악의악식惡衣惡食, 즉, 나쁜 옷과 나쁜 음식을 탓하는 자는 군자가 될 수 없다는 말도 있지만, 그러나 그것은 학문에 정진하며 금욕주의를 실천하고 있는 사람에게나 해당되는 말일 것이다. 나쁜 옷과 나쁜 음식, 즉, 생존만이 최고인 삶을 살아가는 사람에게는 따뜻한 국 한 그릇과 쌀밥 한 그릇이면 더 바랄 것이 없을 것이다. "차가운 바람 퇴근길 더디 오는 버스 어둡고 긴 거리/ 희고 둥근 한 그릇 밥을 생각한다/ 텅 비어 쭈글쭈글해진 위장을 탱탱하게 펴줄 밥/ 꾸룩꾸룩 소리나는 배를 부드럽게 만져줄 밥/ 춥고 음침한 뱃속을 따뜻하게 데워줄 밥/ 잡생각들을 말끔하게 치워버려주고/ 깨끗해진 머릿 속에 단정하게 들어오는/ 하얀 사기 그릇 하얀 김 하얀 밥/ 머리 가득 밥 생각 마음 가득 밥 생각, 밥 생각으로 점점 배불러지는 밥 생각/ 한 그릇 밥처럼 환해지고 동그래지는 얼굴"이라는 김기택 시인의 「밥 생각」은 최하천민의 그것이 아닌 어느 회사원의 허기를 노래한 시이지만, 그러나 이 허기가 더 이상 지속되면 그는 곧바로 최하천민의 생활을 하게 된다. 따뜻국 한 그릇과 쌀밥 한 그릇은 어느 국제난민이나 탈북자들의 공통된 생각이고, 이 시장기 앞에서는 어느 성인군자도, 어느 천하무적의 장군도 당해낼 재간이 없다. 밥은 에너지이며, 붉디 붉은 아침 해이고, 밥은 노래이고, 춤이다. 밥은 지혜이고, 취미이고, 밥은 돈이고, 우주여행이다. 내가 있고 세계가 존재하는 것처럼 밥이 없으면 나 역시도 존재할 수가 없다.

밥이 먼저인가? 인간이 먼저인가? 배가 고픈 사람에게는 밥이 먼저일 것이고, 배가 부른 사람에게는 인간이 먼저일 것이다. 배가 고플 때는 맛과 영양가를 따지지 않지만, 배가 부르면 맛과 영양가를 따지게 된다. 복권을 샀을 때와 복권에 당첨됐을 때가 다르고, 화장실에 들어갔을 때와 화장실에서 나왔을 때가 다르고, 배가 고플 때와 배가 부를 때가 다르다. 한 끼의 식사량에는 한계가 있지만, 다양한 음식을 먹고 싶은 생각에는 한계가 없다. 내가 요리할 수 있는 음식에는 한계가 있지만, 이 세상의 요리문화에는 한계가 없다.

김기택 시인의 「밥 생각」은 배 고픈 자의 밥 생각의 간절함과 그 심리적인 묘사와, 그리고 밥에 대한 깊이 있는 성찰을 통해서 아주 생생하고 역동적인 입맛을 돋군 후, 곧바로 마지막 4행의 "그러나 밥을 먹고 나면 배가 든든해지면/ 다시 난폭하게 밀려들어올 오만가지의 잡생각/ 머릿속이 뚱뚱해지고 지저분해지면/ 멀리 아주 멀리 사라져버릴 밥 생각"이라는 시구에서처럼 대반전을 꾀하게 된다. 다시 난폭하게 밀려들어올 오만가지의 잡생각, 머릿속이 뚱뚱해지고 지저분해지는 밥 생각은 생명보존의 밥 생각이 아닌 미식취향의 밥 생각에 맞닿아 있다. 미식취향이 요리문화를 낳고, 요리문화가 무차별적인 살생을 저지르며 인간에 의한 인간의 착취를 강요한다. 요컨대 타인의 존재와 그 인간성을 말살하고, 오직 천상천하유아독존적인 전제군주처럼 군림을 하게 한다.

배가 부르면 취미와 오락으로 사냥을 하고, 배가 부르면 골프와 낚시를 위해 하녀와 노예를 부린다. 배가 부르면 선남선녀를 고용하여 스포츠 경기의 이전투구를 벌이게 하거나 영화산업의 잔혹극을 연출하게 한다. 배가 부르면 50세, 60세, 70세 아래의 소녀와 섹스를 즐기고, 배가 부르면 부를 대물림하여 자기 자신의 무덤을 제우스의 신전처럼 가꾸게 한다.

그렇다. 김기택 시인의 단언처럼 배가 부르면 오만

가지 잡생각을 하고, 인간은 개와 돼지만도 못한 삶을
즐기게 된다.

이선희

소금의 밑바닥

소금을 녹이니
바닥에 가라앉은 뻘이 보인다
순백색 소금의 몸에 뻘이 들어있었다니
짜디짠 정신으로
까칠하게 각을 세우고
세상의 간을 맞추던
그 정신의 기둥이 뻘이었을까

뻘을 품고
더 단단한 결정이 되어갔을 소금은
한번도 뻘을 인식하지 못하고 평생을 살았을지 모
른다
어쩌면 뻘과의 관계를 조금은 부끄러워했을지도 모
른다

밑바닥에 가라앉은 뻘처럼
어느 날 치매 병동에서 본 얌전하고 곱던 할머니
세상의 온갖 욕을 종일 읊조리고 있었는데

내가 녹아버렸을 때
나를 지탱하던 그 무엇의 모습이
문득 궁금하고 두려워지는 것이다

소금은 염화나트륨이며, 인간이 인간의 생명을 유지하는데 반드시 필요한 무기물 중의 하나라고 할 수가 있다. 소금은 위액의 구성성분인 염산을 만들고, 근육과 신경 등의 작용을 조절해준다. 소금은 인류가 이용해온 조미료 중 가장 오래되었고, 단맛과 신맛을 내는 감미료와 신미료와는 달리 음식의 기본적인 맛을 내는 데 대체 불가능한 물질이라고 할 수가 있다. 소금은 식품산업에서는 향미증진제와 방부제 등으로 사용되기도 하고, 화학공업에서는 베이킹소다와 가성소다를 만드는 데 사용되기도 한다. 이밖에도 소금은 유리와 가죽과 도자기 등을 만들고 눈과 얼음을 녹이는 데 사용되기도 하며, 이러한 소금의 중요성 때문에 상호간의 계약이나 충성을 맹세하는 종교적 의식에 사용되기도 한다. 빛과 소금이 하나의 짝패가 되어 우리 인간들에게 수많은 옛이야기와 그 교훈을 가르쳐 주고 있는 것도 전혀 우연이 아닌 것이다.

　이선희 시인은 상징주의자이며, 은유적인 기법을 매우 아름답고 탁월하게 사용하는 시인이라고 할 수가 있다. 기호는 사물을 지시하고, 상징은 인간의 정신을 지시한다. 은유는 할머니(어머니)를 뻘로 표현하는 것처럼 유사성 법칙에 의한 최고급의 수사법이며, 이 은유적인 기법을 통해서 아주 일상적인 것이 낯선 것으로 변용되며, 그 결과, 전인미답의 새로운 세계가 열리기도 한다. "소금을 녹이니/ 바닥에 가라앉은 뻘이" 보이고, 이 순백의 소금에 뻘이 들어 있었다는 것은 이선희 시인의 마비된 의식에 충격을 가한다. 천일염을 생산하는 염전의 토대가 마사분과 점토가 혼합된 뻘밭이었던 것이고, 따라서 소금의 결정체에는 어느 정도의 불순물(뻘)이 섞여 있을 수밖에 없었던 것이다. 이 자그마한 놀라움과 충격은 "짜디짠 정신으로/ 까칠하게 각을 세우고/ 세상의 간을 맞추던/ 그 정신의 기둥이 뻘이었을까"라는 역사 철학적인 인식으로 발전을 하게 된다. 그렇다. 짜디짠 정신으로 까칠하게 각을 세우고 세상의 간을 맞추던 그 정신의 기둥이 뻘이었던 것이지만, 그러나 우리는 그 사실을 전혀 인식하지 못하고 한평생을 살아왔던 것인지도 모른다. 아니, 사실은, 좀 더 솔직하게 고백한다면, 자기 자신의 부모님과 집안의 형편을 숨긴 채 소위 '성공신화'를 연출해낸 어느 유명 인사처럼 "어쩌면 뻘과의 관계를 조금은 부끄러워"했고, 또, 그것을 숨기고 싶었던 것인지도 모른다

소금에서 뻘을 발견하고 그 충격으로 뻘과 나와의 관계를 밝힌 첫 번째 반전 이후, 제3연과 제4연에서는 두 번째의 반전이 일어난다. 소금과 뻘의 관계가 나와 어머니(할머니)의 관계로 확대되며, 최고급의 인식의 제전이 펼쳐지게 된 것이다. "어느 날 치매 병동에서 본 얌전하고 곱던 할머니"는 "밑바닥에 가라앉은 뻘"이 된 것이고, 그 불순물답게 "세상의 온갖 욕을 종일 읊조리고" 있었던 것이다. 온몸으로, 온몸으로 모진 불볕과 바람을 견디며 지극 정성으로 가르쳤던 아들과 딸들이 버린 어머니, 천하제일의 영양분이 다 빠져나간 불순물의 신세일 수밖에 없는 어머니—. 그렇다, 우리는 모두가 다같이 영양만점의 소금으로 왔다가 더없이 더럽고 추한 불순물(뻘)로 돌아가게 되어 있는 것이다. "내가 녹아버렸을 때/ 나를 지탱하던 그 무엇의 모습"은 더 이상 궁금할 것도 없고, 이미 우리가 태어나기

도 이전에 우리들의 운명은 결정되어 있었던 것이다.

이선희 시인의「소금의 밑바닥」은 소금과 뻘의 관계를 딸과 어머니의 관계로 변주시킨 인간존재론이며, 그의 '상징주의 시학'의 결정체라고 할 수가 있다. 어머니는 소금이 빠져나간 뻘이 되고, 딸은 뻘을 숨긴(품은) 소금이 된다. 어머니는 사용가치와 교환가치를 상실한 뻘이 되고, 딸은 사용가치와 교환가치를 지닌 소금이 된다. 하지만, 그러나 인간과 비인간, 또는 상품과 불량품의 관계는 상호 대립적인 관계가 아니라 근본적인 관계인 것이다. 어머니와 딸도 하나이고, 소금과 불순물도 하나이며, 우리는 모두가 다같이 생물학적으로 한가족이었던 것이다.

우리는 어디에서 와서 어디로 가는가? 뻘밭에서 태어나 뻘밭으로 돌아가는 것이다.

소금은 어머니의 초상(상징)이며, 딸의 초상이고, 우리 모두의 초상인 것이다.

우리는 그 모든 것을 다 주고, 더러는 아들과 딸들을 향해 욕설도 퍼부어대며, 또다시 뻘밭으로 돌아가야 할 존재들이었던 것이다.

김정원
늦가을 숲

이고 지고 쥔 것들을 내려놓으니
여태 보이지 않던 높은 하늘이 보인다

우리 함께 사는 눅눅한 세상 발부리까지
고실고실한 햇볕이 어루만지고
끊어졌던 소식이 새 소리처럼 들려오며
그 사람이 그리워진다

지난 무성한 계절에
왜 더 다정히 얘기하지 못했을까
왜 더 넉넉히 품어주지 못했을까
왜 더 뜨겁게 사랑하지 못했을까

몸부림쳐도 돌아갈 수 없고
참회해도 얻을 수 없는 날들

그 날들이 오히려 찬바람 부는 날들을
거뜬히 살아갈 힘이 되고 슬기가 되길
나무마다 빈손으로 팔을 벌려 기도한다

만물은 모두가 다같이 생물학적으로 한 혈통이며, 우주공동체의 가족이다. 모든 땅과 부동산도 만인의 공동재산이며, 이 세상에서 잠시 빌려 쓰다가 다 주고 떠나가지 않으면 안 된다. 모든 싸움 중에서 가장 더럽고 추악한 싸움은 재산싸움이며, 이 피비린내의 잔혹극을 종식시키기 위하여 모든 종교가 존재한다고 해도 지나친 말이 아니다.

머리카락 한 올도, 수염 하나도 기르지 못하게 하는 불가의 법칙은 그야말로 '무소유의 철학'이며, 만악의 근원인 탐욕의 제거에 그 목표를 두고 있는 것이다. 나이웃을 내 몸처럼 사랑하며, 그 어떤 재물도 소유하지 않은 채 출가수행의 삶을 살고 있는 가톨릭의 정신도 '무소유의 철학'이며, 따라서 재가 수행을 하고 있는 기독교의 목사들은 암적인 종양이라고 할 수가 있다.

천하를 호령하던 알렉산더 대왕도, 영생불사의 삶

꿈꾸어 왔던 진시황제도 다만 한 줌의 재로 돌아갔으며, 우주공동체에서는 어떤 특권도, 어떤 권력도, 어떤 명예도 영구적으로 허용하지 않는다. 빈손으로 왔다가 빈손으로 돌아가는 것, 이 '무소유의 철학'이야말로 자기 자신의 행복을 연주하는 지름길인 것이다.

김정원 시인의 「늦가을 숲」은 '무소유의 철학'의 숲이며, 더없이 경건해지고 엄숙해지는 자기 성찰의 숲이라고 할 수가 있다. "이고 지고 쥔 것들을 내려놓으니/ 여태 보이지 않던 높은 하늘이" 보이고, "우리 함께 사는 눅눅한 세상 발부리까지/ 고실고실한 햇볕이 어루만지고/ 끊겼던 소식이 새 소리처럼 들려"온다. 만일, 그렇다면, "끊겼던 소식이 새 소리처럼 들려오며/ 그 사람이 그리워진다"의 그 사람은 누구이며, 그 사람과의 소식은 왜 끊겼던 것일까? 그 사람은 「늦가을 숲」의 문맥 상 김정원 시인이 만나왔던 모든 사람의 총체이며, 작고 사소한 만남이나 또는 그 이상의 일상적인 만남이 있었던 사람들을 말한다.

늦가을의 숲에서, 모든 이고 지고 쥔 것들을 다 내려놓은 나무들을 보면서 김정원 시인의 자기 반성과 성찰은 깊어지고, 이 반성과 성찰의 힘으로 모든 인간들의 행복을 연출해낸다. "지난 무성한 계절에/ 왜 더 다정히 얘기하지 못했을까/ 왜 더 넉넉히 품어주지 못했을까/ 왜 더 뜨겁게 사랑하지 못했을까"라는 반성은 "몸부림쳐도 돌아갈 수 없고/ 참회해도 얻을 수 없는 날들"이라는 뼈저린 후회의 심정으로 이어지게 된다.

인간은 본래 이기적이고 사악한 동물이며, 소위 성공한 사람들은 좀처럼 자기 반성과 성찰을 하지 않는다. 따라서 반성과 성찰은 자기 자신의 이기심과 사악함을 씻어내는 제의적인 행위이며, 이 제의적인 행위에 의해서 너와 나는 '우리'로서 하나가 되는 것이다.

우리는 어떻게 살고 어떻게 죽어가야 하는가? 너와 내가 우주공동체의 가족으로서 다같이 잘 살고 행복하게 살도록 노력하다가, 그 모든 것을 다 주고 떠나가지 않으면 안 된다. 반성과 성찰은 "찬바람 부는 날들을" "거뜬히 살아갈 힘이 되고 슬기"가 되는 것이며, 이것이 만인의 평등과 만인의 행복의 '무소유의 철학'이라고 할 수가 있는 것이다.

「늦가을 숲」에 서서 모든 잎들을 다 떨구어버린 나무들을 보면 알게 될 것이다. "나무마다 빈손으로 팔을 벌려 기도"하는 모습을─.

무소유의 철학, 즉, 비우고, 또 비우는 것이 천하를
다 소유하는 우주공동체의 법칙인 것이다.

박은주 이　수

이은희 남상진

안지순 정해영

어향숙 공광규

채만희 한현수

유홍준 이향아

유채은 최승자

홍명희

박은주
무명씨의 귀환

예상치 못한 버그로 무명씨가 태어납니다
투서 한 장 보내지 않고 마감하는 하루

내 이름을 듣는 건 그림자 떼어내기보다 어렵습니다

죽었다 다시 살아나 흔들림만으로 당신 곁을 떠돕니다
신호가 오지 않아도 진동을 느끼는 당신의 눈꺼풀

당신이 찾지 않으면 나는 안전합니다,

덧칠되고 일그러지며 나는 나와 비슷한 사람이 되고
케이블을 돌고나면 다른 사람이 됩니다

삭제되지 못한 여기와 지금이 헤매는 공간

구경꾼으로 남는 이번 생의 임무를 잘 해내고 있습니다

쏟아지는 이름에 묻혀 무명입니다
살아있는 나를 모르니
다른 이름도 버릴 시간입니다

최초의 사물과 사건에 이름을 부여하는 사람은 가치 창조자이며, 그는 그의 이름으로 전인류의 스승이 된 사람이라고 할 수가 있다. 전인류의 스승의 이름은 그의 존재증명이자 보증수표가 되지만, 이에 반하여, 전인류의 스승의 이름만을 찬양하며 그 이름 속에 묻혀 가는 대부분의 사람들은 이 세상에 존재하거나 존재하지 않아도 되는 어중이 떠중이들이라고 할 수가 있다.

오늘날은 대중의 시대, 즉, 어중이 떠중이들의 시대이고, 그들은 좀 더 솔직하게 말한다면 '무명씨'들이라고 할 수가 있다. 이 무명씨들은 찬란한 명예와 명성에 빛나는 전인류의 스승에 반하여, "예상치 못한 버그로" 태어난 불행한 인간들이라고 할 수가 있다. '버그'란 소프트웨어나 하드웨어의 오류, 즉, 컴퓨터의 고장으로 나타난 현상이며, 무명씨들은 이 오류의 원인을 따져묻지도 못하니, 그 어느 곳에 "투서 한 장"도

낼 수도 없다. "내 이름을 듣는 건 그림자 떼어내기보다"도 어렵고, "죽었다 다시 살아나는 흔들림만으로도 당신 곁을" 떠돌게 된다. 당신이 찾지 않으면 나는 안전하고, "덧칠되고 일그러지며 나는 나와 비슷한 사람이 되고/ 케이블을 돌고나면 다른 사람이" 된다. 나는 "삭제되지 못한 여기와 지금"이라는 공간을 헤매는 무명씨이며, "구경꾼으로 남는 이번 생의 임무를 잘 해내고" 있는 것이다. 쏟아지는 이름에 묻혀 있는 무명씨이고, 살아 있는 나를 모르니, 다른 이름도 버릴 무명씨에 지나지 않는다.

만인들의 반대방향에서, 자기 자신이 아버지가 되고 전인류의 스승이 된다는 것은 밤하늘에서 별을 따는 것보다도 더 어렵다. 비슷비슷한 시기에 태어나서 똑같이 학교를 다니고, 똑같이 회사에 출근한다. 똑같은 연령대에 정년퇴직을 하고, 똑같은 연령대에 죽는다. 근검절약하여 집을 장만하는 것도 똑같고, 스포츠, 낚시, 등산, 여행, 영화감상, 독서 등의 대부분의 취미 생활도 똑같다. 저마다의 이름과 나이가 다르고 개성과 취향이 다르다고 하지만, 전체적으로 보면 대동소이하고 어느 것 하나 다른 것이 없다. 당신도 덧칠되고 일그러진 나와 똑같은 사람이 되고, 나도 덧칠되고 일그러진 당신과 똑같은 사람이 된다.

도대체 나란 누구인가? 나는 예상치 못한 오류(버그)로 태어난 무명씨이며, 덧칠되고 일그러진 사람에 지나지 않는다. 무명씨, 무명씨, '존재의 근거'가 '무'인 무명씨, 쏟아지는 이름에 묻혀 무명씨로 죽어가는 무명씨, 바람처럼, 먼지처럼, 또는 무지개처럼, 신기루처럼 잠시 나타났다가 흔적없이 사라져가는 무명씨—.

박은주 시인의 「무명씨의 귀환」은 이 세상의 어중이 떠중이들의 존재론이자 이 어중이 떠중이들에게 구체적인 성격과 운명을 부여한 최고급의 시라고 할 수가 있다. '우리는 모두가 다같이 오류로 태어난 존재이다'라는 대전제는 무명씨의 존재의 기원이자 운명이 되고, 덧칠되고 일그러진 삶으로 쏟아지는 이름에 묻혀 무명씨가 된다는 것은 무명씨의 비극적인 사건이 된다.

하지만, 그러나 무명씨의 존재의 기원과 그 비극적인 삶을 매우 깊이 있고 심오하게 노래한 박은주 시인은 이 「무명씨의 귀환」으로 '박은주'라는 이름을 갖게 된 것이다.

무명씨, 무명씨에 대한 존재론적 성찰이 만인들, 즉, 무명씨의 반대방향에서 아주 독특하고 독창적인 가치를 창조해낸 것이고, 이것이 박은주 시인을 '박은주 시인'으로 영원불멸의 현판 속에다가 각인시키게 된 것이다.

이수
하수구

　너는 버려진 검정 눈물. 너울너울 모든 빛깔 머금은
영혼들. 가파르게 떠밀려온 흰 빛 자리 더듬는다

　화려할수록 뒷문으로 통하는 그림자는 하얗게 질렸
다 비에 네온사인 흐느끼고 거리는 구토로 매몰되었다

　정체 모를 검은 봉지들이 떠내려온다 고양이의 발톱
이 부러져 있다 어둠의 찌꺼기들이 모여드는 곳

　숨이 흘러나오는 침출수에서 어제의 그림자가 새어
나온다 여기는 바닥을 가늠할 수 없으므로 헤어 나오
기 어렵다

　누군가 너에게 검은 자궁을 닮았다고 했다 깊이를 알
수 없는 어떤 슬픔은 전염의 속도가 빠르다. 버려진

자의 뒷모습 같은

　어디선가 검푸른 바람이 불어온다 늦지 않았다는 듯
풀들이 아우성치고 있다 밤의 한가운데서 보내온 구
조신호들

이 세상에서 가장 중요한 것은 균형이며, 좀 더 고상하게 말한다면 '투쟁 속의 조화'일 것이다. 수입과 지출, 고용과 실업 사이에서의 균형, 물가상승과 물가하락, 고금리와 저금리 사이에서의 균형, 환율의 상승과 환율의 하락, 적과 동지 사이에서의 균형, 생산과 소비, 남성과 여성 사이에서의 균형, 영웅주의와 민중주의, 자본주의와 공산주의 사이에서의 균형 등—. 즉, 이 균형, 이 조화들이 무너지면 그 사회는 문화적 무질서와 혼돈 속에서 헤어날 수가 없을 것이다. 예컨대 모두가 다같이 부자가 된다면 인건비와 물가의 상승과 함께 온갖 음주가무의 퇴폐주의가 나타날 것이고, 모두가 다같이 가난하게 산다면 살인, 강도, 강간, 절도, 사기, 횡령 등과 함께 끊임없는 내란과 허무주의가 지배하게 될 것이다. 태양이 떠오르면 밤이 찾아오고, 아기가 태어나면 어른이 죽는다. 부자가 있으면 가난자도 있어야 하고, 적이 있으면 동지도 있어야 한다. 만일, 이 상호대립과 투쟁 속의 조화가 이루어지지 않으면 그것은 만물의 소멸과 함께, 이 세상의 삶도 끝장이 나게 될 것이다.

코로나 팬데믹과 고령화 팬데믹은 자연의 인구법칙이며, 만물의 터전인 자연의 균형추가 무너진 결과라고 할 수가 있다. 내 생각이지만, 지구촌은 20억 명이 적정인구이며, 50억 명쯤은 살처분해야 될 것이다. 인간의 수명은 좀 더 후하게 잡아줘서 70세이면 충분하고, 따라서 세계보건기구를 통해서 인간수명제를 하루바삐 실시하지 않으면 안 된다. 70억 이상의 인구와 70세 이상의 노인들이 창출해낸 문화는 '하수구 문화'이며, 온갖 쓰레기와 더러운 물로 악취를 풍긴다. 상수도는 깨끗한 물이고 모든 생명의 젖줄이 되지만, 하수구는 온갖 더러운 물이며 죽음의 검정 눈물에 지나지 않는다.

이수 시인의 말대로, 「하수구」는 검정 눈물이고, 너울너울 빛깔 머금은 영혼들이고, 가파르게 떠밀려온 빛자리 더듬는 물거품이다. 몸단장, 화장, 산해진의 잔치음식, 축구, 야구, 골프, 승마장 등의 오페

수, 수많은 생활용품과 사치품 생산의 공장폐수, 자동차, 비행기, 인공위성, 대량살상무기 공장의 오폐수, 화석연료와 원자력발전소의 핵폐기물과 에너지의 과다사용 등, 오늘날의 이 화려한 문명과 문화의 뒷문으로 통하는 그림자는 하얗게 질렸고, 비가 오면 네온싸인이 흐느끼며 거리는 온갖 구토로 매몰된다. 정체 모를 검은 봉지들이 떠내려 오고, 고양이의 발톱은 부러져 있고, 어둠의 찌꺼기들이 몰려온다. 수많은 침출수에서 어제의 그림자가 새어 나오고, 문명의 하수구는 바닥을 가늠할 수 없으므로 어느 누구도 헤어나올 수가 없다. 하수구는 버려진 여자의 검은 자궁과도 같고, 깊이를 알 수 없는 슬픔은 그 전염의 속도나 너무나도 빠르다.

현대문명사회의 하수구는 '코로나 팬데믹'과 '고령화 팬데믹'이라는 전염병들이 부글부글 끓어오르며, 마치 천지창조 이전의 빅뱅처럼 그 에너지를 축적해나가고 있다고 하지 않을 수가 없다. 좀 더 잘 살기 위해, 좀 더 오래 살기 위해서 산과 바다를 오염시키고, 그 모든 천연자원들을 다 태워버린 인간의 만행에, 코로나 팬데믹과 고령화 팬데믹이라는 자연의 인구법칙을 가동

키고 있는 것이다. 지금도 늦지 않았다고 검푸른 바람이 불어오는 밤에 풀들이 아우성을 치며 구조신화를 보내오고 있지만, 그러나, 그러나, 자연의 인구법칙, 즉, 자연의 살처분은 결코 끝나지 않을 것이다.

알렉산더 대왕과 예수는 서른 세 살에 죽었어도 모든 것을 다 이루었고, 반고흐와 헤밍웨이는 그토록 젊은 나이(?)에 총기자살을 했어도 인류의 역사상 가장 위대한 업적을 남겼다.

자연을 사랑하고 인류를 사랑한다면 무병장수가 아닌 좀 더 일찍 죽기를 원해야 할 것이다.

수정이 끝나면 곧바로 떨어지는 '화무십일홍의 생애'처럼—.

이수 시인은 현대문명사회가 '하수구 문화'에 지나지 않는다는 사실을 고발하며, 자연으로 돌아가야 한다고 격설하고 있는 것처럼 보인다. 그러나 이때의 자연은 현대문명을 정면으로 거부하는 자연주의가 아니라, 인간과 사물, 인간과 동식물, 인간과 자연 속의 조화를 격설하고 있는 것으로 이해하지 않으면 안 된다. 오늘의 하수구는 하얗게 질렸고, 어둠의 찌꺼기는 부글

부글 끓어오르며 악취를 풍긴다. 여자의 검은 자궁같은 하수구에서는 풀들이 아우성을 치며 구조신호를 보내오고 있지만, 코로나 팬데믹과 고령화 팬데믹이 '슬픔의 대유행병'으로 지구촌을 폭발시킨다.

이수 시인은 「하수구」라는 시를 통해서 대단히 깊이 있고 심오한 하수구에 대한 성찰과, 또한 그것만큼의 아름답고 멋진 시구들로 극적인 긴장감과 신선한 충격을 던져주고 있는 것이다.

이은희

피향정에 들다

연잎에 뒹구는 물방울 속으로
발 딛는 소리 새기며
못가를 수백 번 돌던 당신은
기어이 떠나고 말았습니다

숨 가쁘게 달려왔으나
너무 늦게 도착하여
하연지의 꽃잎을 놓친 나,
기다렸다는 듯 돌계단이 나무랍니다

팔작지붕 겹처마 그늘은
당신이 몰래 밀봉해둔
향기를 흔들며 반겨줍니다

그리움의 체취를 두르고 피향정에 올라

매일 밤 별들이 묵어가던 두리기둥에
당신이 남겨두었다는 숨을 들이마십니다
우리는 다른 곳을 흐르지만 같은 표정입니다

어느 곳이라도 멈추어 귀 기울이면
얇은 저녁, 고요히 부르던 당신의 노래 들려와

손바닥 온기로 두리기둥 데우며
한 몸이고 싶은 바람, 손금 찍어 놓습니다

피향정披香亭(보물 제289호)은 전북 정읍 태인면에 있는 조선 중기의 정자이고, 신라 헌강왕대에 최치원이 세웠으며, 조선 시대에 두 차례 중수했다고 한다. 평면구조는 앞면 5칸, 옆면 4칸으로 된 단층 팔작지붕으로 되어 있으며, 정자의 바닥은 막돌기단 위에 막돌초석을 놓고 그 위에 석조로 된 28개의 짧은 두리기둥과 다시 그 위에 목조로 된 두리기둥을 세웠다. 정자 내부는 다시 앞면 3칸, 옆면 2칸으로 구획하여 고주를 세우고 둘레에 세워진 변주와 퇴량을 연결했다. 가구는 7량으로, 퇴보나 대들보 밑에는 초각된 보아지가 있고, 중앙 고주와 대들보 사이에는 아름답게 휘어진 충량이 걸쳐 있다. 천장은 연등천장이지만 양 협칸은 구틀로 짠 우물천장으로 되어 있으며, 정자의 정면 중앙 창방 위에는 '호남제일정'이라는 현판이 걸려 있다.(다음Daum 백과사전 참조)

만일 그렇다면 피향정이란 무슨 뜻일까? 그것은 두 말할 것도 없이 나눌 피披, 향기 향香, 정자 정亭, 즉, 이 세상의 사람들과 만나 향기(정)를 주고 받는다는 뜻일 것이다. 천하의 명당에 터를 잡고 가장 아름다운 건축술로 정자를 짓고, 꽃 중의 꽃인 연꽃의 향기를 맡으며 시와 예술과 문화를 논하던 자리가 피향정이었던 것이다. 나는 이은희 시인의 '당신'이 누구인지는 모르지만, 그러나 이은희 시인은 약속을 지키지 못했고, "연잎에 뒹구는 물방울 속으로/ 발 딛는 소리 새기며/ 못가를 수백 번 돌던 당신은/ 기어이 떠나가고 말았던" 것이다. "숨 가쁘게 달려왔으나/ 너무 늦게 도착하여/ 하연지의 꽃잎을 놓친 나"를 "돌계단이" 기다렸다는 듯이 나무라지만, 그러나 이은희 시인은 그 나무람에 전혀 개의치 않는다. 왜냐하면 피향정 못가를 수백 번 돌던 당신은 최치원 선생, 또는 하연지의 연꽃이기 때문이다. 당신은 신라시대의 명문장가 최치원 선생이고, 나의 연인이다. 또한, 당신은 하연지의 연꽃이며, 천 이백 년 전에 떠나갔어도 해마다 연꽃으로 되돌아오는 최치원 선생이다. 따라서 "팔작지붕 겹처마 그늘 을/ 당신이 몰래 밀봉해둔/ 향기를 흔들며" 나를 반겨주고, "그리움의 체취를 두르고 피향정에 올라/ 매일 밤 별들이 묵어가던 두리기둥에서/ 당신이 남겨두었다는 숨을 들이"마시게 된다. 당신과 나는 천 이백 년의 시차를 두고 서로 다른 곳으로 흐르지만, 그러나 당신과 나는 그 시간과 공간을 떠나서 '한마음— 한뜻'의 '하나'가 된다. 당신의 향기, 당신의 숨결, 당신의 노래, 당신의 온기, 그리고 '한몸이고 싶은' 나의 바람(희망)이 그것을 말해준다.

이 세상에서 가장 좋은 냄새는 향기이며, 우리는 이 향기에 의해 살고, 이 향기에 의해 죽는다. 꽃의 향기, 사람의 향기, 맛의 향기, 바람의 향기, 희망의 향기, 사랑의 향기, 그리움의 향기, 말의 향기, 노래의 향기 등—.

향기는 만물의 꽃이며, 모든 사물의 존재의 법칙이다. 인간과 인간의 사랑, 인간과 동식물과의 사랑, 모든 사랑은 향기로 통한다. 향기는 정이고, 향기는 아름다움이고, 향기는 사랑이고, 향기는 미래의 희망이다.

이은희 시인의 「피향정에 들다」는 최치원 선생을 연꽃으로 사물화시키고, 연꽃의 향기를 통해 인간과 인간의 사랑을 나눈다. 혼연일체, 즉, 시간과 공간도 하나가 되고, 그리움은 밀봉해둔 향기처럼 현실화되고, 한 몸이고 싶은 바람은 이루어진다.

이은희 시인은 향기로 숨을 쉬며, 향기로 밥을 먹는다.

남상진
미더덕

너는 눈물 한 방울로 태어났다

보잘것없는 난생의 몸으로
막막한 물속 세상에서
파도를 견디며 살아내기란
눈물을 제 살 속으로 말아 넣는 일
짜디 짠 바닷물을 들이마시고
삼키지도 뱉어내지도 못하고 연명하던 시절
깊은 수심의 물속을 견디는 일은
스스로 빈틈을 여며 단단해지는 것

태풍이 몰려와도
바위의 멱살을 부여잡고 버티던 하루가
물속에서 눈물 한 방울로 맺혔을까?

누군들 제안에 눈물 자루 하나 키우며 살지 않을까

아름답고 붉은 석양은
늘
수면 위만 비추는 멀고 먼 그림 속 세상

밀려오는 세파에 온몸으로 맞서고
일렁이는 너울에 흔들리며 키워온
단단하고 둥근 집

껍질 한 꺼풀 벗겨
입안에 넣고 깨물면
툭!
숙성된 향기가
온몸으로 번지는 너는
깊이 발효된 맛으로
오래된 봉인을 푼다

대부분의 사람들은 고통을 기피하고 쾌락을 추구하지만, 그러나 이 세상에서 가장 기분 좋은 쾌락은 고통이라는 사실을 전혀 모른다. 고통은 천하제일의 명약이면서도 천하제일의 독약이라고 할 수가 있다. 천하제일의 독약을 천하제일의 명약으로 만드는 최고급의 비법은 그 무엇보다도 분명한 목표라고 할 수가 있다. 이 세상의 작고 사소한 목표보다는 자기 자신의 단 하나뿐인 목숨을 걸만큼 소중한 목표는 그 어떠한 고통도 다 소화해낼 수 있는 튼튼한 위장과 소화기관을 지니고 있는 것이다. 나는 승리를 훔치지 않는다라고 역설했던 알렉산더 대왕, 불가능은 없다라고 알프스 산을 넘어갔던 나폴레옹 황제, 비겁하게 살지 않고 친구의 원수를 갚고 장렬하게 전사해갔던 아킬레스, 악법도 법이다라는 말을 남기고 한 사발의 독배를 마시고 죽어갔던 소크라테스 등은 이 세상에서 가장 기분 좋은

락 속에서 살다가 간 사람들이었던 것이다.

너무나도 분명한 목표는 그의 지혜의 소산이며, 이 지혜는 천하무적의 용기를 가져다가 주고, 이 용기는 수많은 고통들을 다 소화해낼 수 있는 성실함을 가져다가 준다. 그는 "눈물 한 방울로 태어"났지만, 막막한 물속에서 파도를 견디며 "눈물을 제 살 속으로 말아 넣는 일"을 마다하지 않았고, "짜디 짠 바닷물을 들이마시고/ 삼키지도 뱉어내지도 못하고 연명하던 시절"도 있었다. 따라서 "깊은 수심의 물속을 견디는 일은/ 스스로 빈틈을 여며 단단해지는 것"뿐이었고, "태풍이 몰려와도/ 바위의 멱살을 부여잡고 버티던" 하루 하루는 "물속에서 눈물 한 방울로" 맺혔던 것이다. 미더덕이 미더덕이 되기 위해서는 온갖 만고풍상을 다 겪으면서도 "밀려오는 세파에 온몸으로 맞서고/ 일렁이는 너울에 흔들리며 키워온/ 단단하고 둥근 집"을 짓지 않으면 안 된다. 눈물은 고통의 소산이며, 고통은 천하제일의 명약이고, 이 고통을 통해서만이 미더덕은 천하제일의 미더덕이 되었던 것이다. "껍질 한 꺼풀 벗겨/ 입에 넣고 깨물면/ 툭!/ 숙성된 향기가/ 온몸으로" 번지고, 그 "깊이 발효된 맛으로" 모든 미식가들의 마음을 사로잡는다.

미더덕은 모든 미식가들을 거느리는 군주가 되고, 모든 미식가들은 미더덕이라는 군주를 섬기는 충신이 된다. 미더덕은 고통을 사랑하는 시인이 되고, 남상진 시인은 "누군들 제안에 눈물 자루 하나 키우며 살지 않을까"라는 천하제일의 시구를 남긴 「미더덕」의 시인이 되었다.

고통과 쾌락은 둘이 아닌 하나이며, 이 세상에서 가장 행복하게 사는 것은 고통과 놀며, 고통과 함께 살며, 이 고통의 꽃을 피우는 것이다. 어느 시인의 고귀함과 위대함의 크기는 고통의 크기이며, 이 고통의 크기가 천하제일의 꽃을 피우는 것이다.

시인의 일생은 고통과의 사투이며, 이 고통을 쾌락으로 승화시키는 것이다.

시인은 모든 독자들을 거느린 군주가 되고, 모든 독자들은 시인을 섬기는 충신이 된다.

안지순
흥부의 외출

그가 집을 나갔다

해모수가 29인치 화면에서
피 토하고 죽던 저녁
간간이 눈물 훔치더니
슬그머니
다용도실 배낭을 메고
바람처럼 빠져 나갔다

한 계절처럼 긴 밤이 지나고
느즈막 한 햇살이 들어오자
낡은 운동화 한 켤레 현관에 들어선다

도시 변두리 골목을 걸었을
큼지막한 신발 하나가

제 몸을 모두 풀어헤치고
깊은 잠에 빠졌다

드넓은 땅 날쌘 말을 타고
바람 같은 기상으로 달리고 있는지
간혹 가파른 숨을 내쉬면서
자고 있다
집으로 돌아올 생각도 없이
마냥 자고 있다

해모수는 천제의 아들로서 하백(강의 신)의 딸인 유화와 결혼하여 고구려의 건국시조인 주몽의 씨앗을 뿌리고, 그 즉시, 하늘나라로 다시 올라갔다고 한다. 하지만, 그러나 대한민국 최고의 인기드라마 중의 하나였던 「주몽」은 중국의 역사말살정책인 '동북공정'에 맞서서 주몽의 아버지인 해모수를 고조선의 장수로 분장시키고, 한나라와의 그 처절한 독립전쟁에서 패배를 하고 죽은 영웅으로 성화시킨 바가 있었다. 그 결과, 해모수는 고조선의 장수이며, 고구려의 건국시조인 주몽의 아버지로 우리 한국인들의 마음과 가슴 속에는 아직도 남아 있는 것이다.

안지순 시인의 「흥부의 외출」은 고조선의 장수이자 고구려의 건국시조의 아버지인 해모수의 신화를 그 역사적인 배경으로 깔면서도 더없이 마음이 착하고 선한 '흥부의 외출'이라는 대서사시적인 사건을 극적으

연출해낸다. 극의 성격은 희극이면서도 비극이고 비극이면서도 희극이지만, 그러나 이 희, 비극 속에서도 실직한 가장인 흥부를 고조선의 장수이자 주몽의 아버지인 해모수로 변모시킨다는 점에서는 안지순 시인의 「흥부의 외출」은 비극이라고 부를 수가 있는 것이다. "낡은 운동화 한 켤레"와 "도시 변두리 골목을 걸었을/ 큼지막한 신발 하나가" 암시하고 있듯이, 기껏해야 실직한 가장이면서도 "해모수가 29인치 화면에서/ 피 토하고 죽던 저녁/ 간간이 눈물 훔치더니/ 슬그머니/ 다용도실 배낭을 메고/ 바람처럼 빠져 나갔다"라는 매우 안타깝고 우스꽝스러운 희극적인 요소가 섞여 있는 것이고, 거기에는 실직한 가장인 흥부의 외출을 비아냥대는 시인의 비웃음도 섞여 있는 것이다. 하지만, 그러나 안지순 시인의 이 비웃음은 매우 현실적이고 유효적절한데, 왜냐하면 해모수의 장렬한 죽음과 흥부의 외출은 도대체가 그 사건과 그 성격이 전혀 어울리지 않기 때문이다. 실직한 가장인 주제에 해모수의 장렬한 죽음에 눈물을 흘리고 집을 나가다니라는 비웃음이 거기에는 담겨 있는 것이고, 그리고 그 비웃음에 화답이라도 하듯이 겨우 "한 계절처럼 긴 밤이 지나고/ 느즈막한 햇살이 들어오자" 그는 "낡은 운동화 한 켤레"를 끌고 집으로 돌아왔던 것이다.

바로 이때에, 이 희극적인 「흥부의 외출」은 비극적인 「흥부의 외출」로 대반전이 일어나게 된다. 겨우 하룻 밤을 지새우고 낡은 운동화 한 켤레로 돌아온 남편과 도시 변두리의 골목"을 하염없이 배회하다가 깊디 깊은 잠에 빠진 남편을 바라보자 그가 곧 해모수라는 생각이 들게 되었던 것이다. 그렇다. 남편의 낡은 운동화 한 켤레에는 그 얼마나 많은 피와 땀과 눈물과 고통과 수모가 담겨 있는 것이고, 또한, 긴밤 내내 도시 변두리의 골목을 헤매다가 돌아온 남편의 깊디 깊은 잠에는 영원한 숙적인 한나라를 물리치고 고조선(고구려)을 건국하고 싶다는 고귀하고 위대한 꿈(재취업의 꿈)이 담겨 있는 것이란 말인가? 모든 것은 상대적이며, 절대적인 것은 없다. 히말라야의 고산영봉과 시골 동네의 민둥산과의 차이도 없고, 하늘의 제왕인 독수리와 벌새와의 차이도 없다. 수천 년의 낙락장송과 기껏해야 일년을 사는 무명초와의 차이도 없고, 고조선의 장수인 해모수와 실직한 가장인 흥부와의 차이도 없다. 그들은 모두가 다같이 우주의 한가족이며, 저마다

제 각각의 역할에 따른 삶을 더없이 성실하게 살고 있을 뿐인 것이다. 안지순 시인은 이 '상대성 이론'을 통하여 희극과 비극의 차이를 없애고, 기껏해야 실직한 가장에 불과한 흥부를 고조선의 대장수로 더욱더 크게 끌어안고 있는 것이다.

드넓은 땅 날쌘 말을 타고

바람 같은 기상으로 달리고 있는지

간혹 가파른 숨을 내쉬면서

자고 있다

집으로 돌아올 생각도 없이

마냥 자고 있다

흥부는 더없이 착하고 선량하며, 법이 없어도 죄를 짓지 않고, 자기 자신의 아내와 가족과 조국을 사랑한다. 비록, 더없이 남루한 옷과 낡은 신발을 끌고 다니는 가장이기는 하지만, 영원한 숙적인 한나라를 물리치고 고조선을 건국하고 싶은 고귀하고 위대한 꿈도 갖고 있는 것이다. 이제 흥부는 해모수가 되고, 해모수는 흥부가 된다. 집을 나간 흥부는 집으로 돌아온 흥부가 되고, 집으로 돌아온 흥부는 영원히 "드넓은 땅 날쌘 말을 타고/ 바람 같은 기상으로 달리"는 천하무적의 고조선의 장수가 된다. 이제 싸늘한 비웃음은 희열의 웃음이 되고, 더없이 업신여겼던 경멸의 말은 찬양의 말이 되고, 따라서 안지순 시인의 「흥부의 외출」은 그 희극적인 성격을 지우고, 고귀하고 위대한 영웅찬양의 비극이 되고 있는 것이다. 안지순 시인의 「흥부의 외출」은 실직한 남편에 대한 '사랑의 눈물'로 쓴 시이며, 이 세상에서 가장 훌륭한 남편을 위해 바친 '헌시'라고 할 수가 있다.

아아, 대한제국의 대장수, 천하무적의 흥부가 간다. 이 세상에서 가장 날쌘 말을 타고 지혜의 채찍을 휘두르며 영원한 숙적인 한나라와 중국대륙을 정복하기 위해서—!

정해영
꽃으로 서다

그는 조용히
나에게로 와서
할 말이 있는 듯
한참을 머뭇거리다
그냥 갔다
그 사람의 뒷모습
보이지 않을 때까지
그 자리 서서
그의 앞길에
먼 눈길 보내는
길지 않은 시간

엷고 부드러운 것이
건너간다

점점 멀어지는 그

꽃은 보이지 않는
먼 곳을 향해 서 있다

닿을 수 없는 곳에
누군가 있다

원효대사와 의상대사는 신라의 승려이자 호형호제하는 친구로서 당나라의 유학길에 올랐지만, 원효대사는 의상대사와 함께, 무덤가에서 잠을 자던 중, 해골바가지의 물을 마시고 크게 깨달은 바가 있어 당나라의 유학길을 포기하고 말았다. 한밤중에 해골바가지의 물을 마실 때는 무척이나 달콤하고 시원했지만, 그러나 날이 밝아오자 그것이 해골바가지의 물이었다는 사실을 알고는 심한 구역질을 느끼지 않을 수가 없었다. 여기서 원효대사는 크나큰 깨달음을 얻었는데, 왜냐하면 모든 것이 마음에 달려 있었기 때문이었다. 물의 맛은 아무런 차이도 없었지만, 그 그릇에 대한 인식의 차이가 있었던 것이고, 따라서 해골바가지에 대한 인식의 편견만 버리면 되었던 것이다. 모든 것은 마음 먹기에 달려 있었던 것이고, 이 깨달음을 얻은 원효대사는 당나라의 유학을 포기하고 불교의 엄한 계율을 버어나 대중들의 삶 속으로 파고들며 불교의 대중화, 즉, 부처의 마음을 전하는 데 온몸을 바쳤다고 한다. 이에 반하여, 의상대사는 당나라의 유학을 다녀온 이후, 화엄종을 열어 수많은 제자들을 양성하는 한편, 신라의 왕권을 수호하는 큰스님이 되었다고 한다. 원효대사는 부처의 마음을 전하는 선불교의 큰스님이 되었던 것이고, 의상대사는 부처의 마음보다는 경전(말씀)을 중요시 하는 교학불교의 큰스님이 되었던 것이다. 우리는 원효대사를 야인野人이라고 부르고, 의상대사를 사인舍人이라고 부른다. 원효대사와 의상대사는 신라의 승려이자 호형호제하는 친구의 사이이기는 하지만, 아무튼, 어쨌든, 선불교와 교학불교의 차이만큼이나 상호 적대시하는 경쟁자라고 할 수가 있다.

황지우 시인이 일찍이 그의 시에서 원효대사와 의상대사와의 상호 적대적인 관계를 시로 쓴 적이 있지만, 만일, 떠돌이 탁발승에 불과한 원효대사가 의상대사를 찾아왔다가 아무런 말도 하지 못하고 그냥 돌아갔다면 원효대사를 떠나 보내야만 했던 의상대사의 마음은 어떠했을까? 가장 가까우면서도 가장 먼 친구, 가장 먼 친구이면서도 가장 가까운 친구, 가장 존경하면서도 가장 경멸하는 친구, 가장 경멸하면서도 가장 존경하는 친구를 떠나 보내면서 그 어떠한 도움도 줄 수 없었던 마음이 정해영 시인의 「꽃으로 서다」의 마음으로 나타난 것이 아닐까? "그는 조용히/ 나에게로 와서/ 할 말이 있는 듯/ 한참을 머뭇거리다/ 그냥 갔다." 그는 왜, 무엇 때문에 왔던 것이며, 그 무슨 말을 하고 싶었던 것일까? '교학불교는 왕권을 수호하는 어용불교이며, 진정한 불교는 부처의 마음을 전하는 선불교'라고 의상대사와 그 도반들을 공격했던 자존심이 그 도움의 말을 도로 삼켜버리게 했던 것일까? 경제적 가난보다는 마음의 가난함이 더 큰 문제이기는 하지만, 그러나 생존의 문제가 걸리면 어느 누구도 경제적 가난 앞에서 초연할 수가 없게 된다.

정해영 시인의 「꽃으로 서다」는 할 말을 못하고 떠나가는 '그'에 대한 '배웅의 시'이며, 선불교의 예법, 즉, 부처의 마음이 아닌 '시인의 마음'이 꽃으로 피어난 시라고 할 수가 있다. 나와 그의 관계는 원효대사와 의상대사와의 관계일 수도 있고, 나와 그의 관계는 마르크스와 엥겔스의 관계일 수도 있다. 폴 고갱과 반고흐의 관계일 수도 있고, 안토니우스와 옥타비오 시이저와의 관계일 수도 있다. 한평생 영원한 친구이자 동지이었지만 엥겔스의 경제적 도움에만 의존했던 마르크스의 심정은 어떠했을 것이고, 동생 테오의 후원에만 의존하며 살고 있었던 반고호의 기식자에 불과했던 폴 고갱의 심정은 어떠했을 것이며, 또한, 옥타비오 시이저에게 한낱 이집트의 촌부자로 살게 해달라고 간청했다가 거절당한 안토니우스의 심정은 어떠했을까? 정치적이든, 경제적이든, 윤리적이든, 인간적이든지 간에, 도움을 요청해야 되는 자는 자존심을 크게 상하게 되고, 그 자존심 때문에 이 세상의 삶보다는 죽음을 택할 수도 있다. 명예를 위해서 살고 명예를 위해서 죽어 간 문화적 영웅들이 그들이며, 그들은 모두가 다같이 비겁하게 사는 것보다는 명예로운 죽음의 길을 택했던 것이다. "그는 조용히/ 나에게로 와서/ 할 말이 있는 듯/ 한참을 머뭇거리다/ 그냥 갔다."

아무튼, 어쨌든, 그는 나에게 도움을 요청해야 할만큼 딱한 처지에 몰려 있었던 것이고, 나는 어렴풋이, 직감적으로 그의 처지와 심정을 이해하고 있지만, 그에게 어떠한 도움도 줄 수가 없었던 것이다. 명예를 위해 살고 명예를 위해 죽겠다는 친구에게는 그 어떠한 도움도 줄 수가 없었던 것이다. 따라서 나는 그 안타까움, 그 간절한 마음으로 할 말을 못하고 떠나는 "그 사람의 뒷모습"이 "보이지 않을 때까지/ 그 자리 서서/ 그의 앞길에/ 먼 눈길 보내는/ 길지 않은 시간"에 꽃으로 서 있게 되었던 것이다. 나는 꽃으로 서 있고, 내가 서 있는 그곳에서 그는 "옅고 부드러운" 사람이 되어 건너갔다. 꽃길을 옅고 부드럽고, "꽃은 보이지 않는/ 먼 곳을 향해 서 있다."

꽃은 정해영 시인의 마음이자 부처의 마음이고, 인간사랑의 결정체이다. 꽃은 교외별전教外別傳이며, 그 향기가 천리, 만리 퍼져나가고 수많은 벌과 나비들이 찾아온다. 꽃은 아름답고 선하고, 모든 생명체들의 보금자리이며, 꽃의 세상이 이 세상에서 가장 아름답고 행복한 세상이라고 할 수가 있다. 그에 대한 나의 사랑이 꽃으로 피어났던 것이고, 비록 내가 그를 도와줄 방법은 없었지만, 그의 앞날에 무한한 행운과 은총이 깃들기를 기원하는 시인의 마음이 그 꽃 속에는 담겨 있는 것이다.

하늘을 감동시키는 마음만 있다면 누구나 시인이 되고, 누구나 꽃으로 피어날 수가 있다. 꽃은 삶의 환이고, 삶의 절정이며, 모든 미움과 증오, 온갖 질투와 시기를 다 버리지 않으면 어느 누구도 시인이 될 수가 없다. 시는 사유이고, 사유는 상상이다. 상상은 기원이고, 기원은 곧 기적이 된다. 내가 "닿을 수 없는 곳에/ 누군가"가 반드시 그의 소원을 들어주게 되어 있는 것이다.

정해영 시인의 「꽃으로 서다」는 '즉심시불卽心是佛', 즉, '인간사랑의 결정체'이며, 최고급의 사상의 꽃이라고 할 수가 있다. 정해영 시인의 「꽃으로 서다」는 하늘을 감동시킨 '기적의 시'가 된 것이다.

어향숙
약손

약사님, 감기약 맛있게 지어 주세요

처방전 내려놓으며
여학생이 건넨 맑은 소리
데굴데굴 굴러 들어옵니다

귀를 활짝 열더니
눈앞을 환하게 합니다
기계처럼 움직이던 손 움켜쥐고
조제실로 들어가 약을 짓습니다

아침에 쟁여둔 햇살 한 줌
당의정에 코팅하고
숲에서 담아온 공기 한 줌
캡슐에 슬쩍 밀어 넣습니다

포장기 나와 포지에 담긴
약 걸음이 알록달록 경쾌합니다

맛있는 약 나왔어요

여학생이 약봉지 들고
약국을 나간 뒤에도
제 손을 꽉 잡고 놓지 않습니다

'네 이웃을 내 몸처럼 사랑하라'는 말처럼 소중한 말도 없을 것이다. '모든 사람들이 다 망하고 이 세계가 다 망하더라도 자기 자신과 자기 자신의 사상만은 영원하리라'는 주체철학은 만인의 반대방향에서, 외롭고 쓸쓸한 길을 걸어가는 사람에게는 꼭 필요한 사상이기는 하지만, 그러나 그와 그의 사상마저도 타인들의 존재와 사랑없이는 가능하지 않은 지적 편견에 지나지 않는다. 인간은 아주 연약한 갈대와도 같으며, 서로가 서로를 믿고 신뢰하지 않으면 잠시도 이 세상을 살아갈 수가 없다. 사회적 동물들의 존재의 근거는 서로간의 사랑이며, 사랑은 자기 자신을 희생시키고 모든 것을 타인의 입장에서 생각하고 처리하는 것을 말한다. 끊임없는 친절과 배려, 굳건한 약속과 실천, 아무리 어렵고 힘들더라도 타인들의 어깨를 두드려고 위로해줄 수 있는 용기 등이 서로간의 불신의 벽

허물어버리고 행복한 사회를 만들어가는 지름길이 되어줄 것이다.

　상냥하고 친절해서 뺨 맞는 일도 없을 것이고, 웃는 얼굴에 침 뱉는 사람도 없을 것이다. 웃음은 서로간의 불신의 벽이 허물어지고, 끊임없는 사랑과 믿음의 싹이 틀 때만이 가능한 표정이자 말의 꽃이라고 할 수가 있다. 어향숙 시인의 「약손」은 말의 꽃이자 모든 근심과 걱정을 다 씻어주는 만병통치약이라고 할 수가 있다. 기침과 고열에 시달리면서도 "약사님, 감기약 맛있게 지어주세요"라는 여학생의 유모어에 의해서 말의 꽃이 피어나고, "맛있는 약 나왔어요"라는 약사님의 유모어에 의해서 말의 꽃이 열매를 맺게 된다. 웃음(말의 꽃)은 모든 불신을 믿음으로 바꾸고, 웃음은 모든 미움을 사랑으로 바꾼다. 웃음은 모든 절망을 희망으로 바꾸고, 웃음은 모든 실패를 기적으로 변모시킨다. "약사님, 감기약 맛있게 지어주세요"라고 여학생이 해맑게 웃을 때, 약사님의 귀는 활짝 열리고, 약사님의 눈같은 환해진다. 따라서 부처가 보리수 나무 밑에서 득도를 하듯이, "아침에 쟁여둔 햇살 한 줌/ 당의정에 코팅하고/ 숲에서 담아온 공기 한 줌/ 캡슐에 슬쩍 밀어"

넣으며, "맛있는 약 나왔어요"라고 화답을 하게 된다.

'말의 꽃'이 약손이 되고, 약손이 '만병통치약'이 된다. 모든 병은 심인성心因性, 즉, 마음의 병이며, 그 어떤 불치병도 이 말의 꽃과 약손 앞에서는 꼼짝달싹하지 못한다. 기침과 고열에 시달리면서도 "약사님, 감기약 맛있게 지어주세요"라는 여학생의 '말의 꽃'은 서로간의 사랑과 믿음에 기초해 있는 말이면서도 "아침에 쟁여둔 햇살 한 줌/ 당의정에 코팅하고/ 숲에서 담아온 공기 한 줌/ 캡슐에 슬쩍 밀어" 넣는 약손을 가능하게 한 '말의 꽃'이라고 할 수가 있다. "약사님, 감기약 맛있게 지어주세요"라는 여학생의 재치와 말놀이도 최고급의 말의 꽃이지만, "아침에 쟁여둔 햇살 한 줌/ 당의정에 코팅하고/ 숲에서 담아온 공기 한 줌"으로 이 세상에서 가장 맛있는 약을 조제하는 약사님의 재치와 말놀이도 최고급의 말의 꽃이라고 할 수가 있다. 웃음에 의해서 신뢰가 꽃 피어나고, 웃음에 의해서 사랑이 꽃 피어나고, 웃음에 의해서 행복이 꽃 피어난다. 말의 꽃은 약손이며, 약손은 만병통치약이고, 행복한 사회의 초석이 된다.

이 놀라운 기적, 그러나 이 놀라운 기적은 물리

이나 생리학의 인과론 따위로는 도저히 설명할 수 없는 말의 꽃이자 약손의 기적이라고 할 수가 있다. 그렇다. 물리학이나 생리학은 마음의 병을 치료하기는 커녕, 이 형이상학적인 「약손」의 기적을 결코 이해하지 못할 것이다. 어향숙 시인은 말의 꽃을 피우는 시인이며, 모든 마음의 병을 다 치료해주는 「약손」의 주체자이다. 「약손」은 말의 꽃이고, 「약손」은 행복한 사회의 보증수표이다.

공광규
걸림돌

잘 아는 스님께 행자 하나를 들이라 했더니
지옥 하나를 더 두는 거라며 마다하신다
석가도 자신의 자식이 수행에 장애가 된다며
아들 이름을 아예 '장애'라고 짓지 않았던가
우리 어머니는 또 어떻게 말씀하셨나
인생이 안 풀려 술 취한 아버지와 싸울 때마다
"자식이 원수여! 원수여!" 소리치지 않으셨던가
밖에 애인을 두고 바람을 피우는 것도
중소기업 하나를 경영하는 것만큼이나 어렵다고 한다
누구를 들이고 둔다는 것이 그럴 것 같다
오늘 저녁에 덜 되먹은 후배 놈 하나가
처자식이 걸림돌이라고 푸념하며 돌아갔다
나는 "못난 놈! 못난 놈!" 훈계하며 술을 사주었다
걸림돌은 세상에 걸쳐 사는 좋은 핑계거리일 것이다
걸림돌이 없다면 인생의 안주도 추억도 빈약하고
나도 이미 저 아래로 떠내려가고 말았을 것이다

서양의 철학자들 중에서 소크라테스는 예외로 치더 라도 대부분의 철학자들은 결혼을 하지 않았다. 만 인들의 반대방향에서, 자기 자신만의 사상과 이론을 정립하고 전인류의의 스승이 되기 위해서는 결혼 자체 가 더없이 커다란 걸림돌이 되었기 때문이다. 결혼을 한다는 것은 가정을 꾸미고 처자식을 부양해야 한다는 것을 뜻하며, 처자식을 부양하며 산다는 것은 매우 속 되며, 이 속된 일을 위하여 자기 자신을 희생시키지 않 으면 안 된다. 모든 철학자들은 학문을 위해서 출가한 수도승과도 같으며, 더없이 몸과 마음을 깨끗이 하고, 문학, 역사, 철학, 수학, 물리학, 사회학, 심리학, 종 교학, 도덕학, 문화인류학 등을 탐구하며, 무한히 정 진하고, 또 정진을 해왔던 것이다. 그 결과, 우리 인간 들은 이 세상의 모든 사건과 사물들의 이치를 발견하 고, 그 이론을 통해서 더없이 아름답고 행복한 삶을 살 수가 있게 되었던 것이다. 공산주의와 자본주의, 고전주의와 낭만주의, 현실주의와 초현실주의, 회의주의와 염세주의, 구조주의와 탈구조주의, 이상주의와 반이상주의 등의 가치와 공식은 우리 인간들의 삶의 터전이 되었고, 우리 인간들은 이 사상과 이론의 텃밭에서 아이를 낳고 기르며, 더없이 행복하게 살아왔던 것이다.

소크라테스의 아내인 크산티페는 악처 중의 악처이며, 철학자의 결혼이 얼마나 불유쾌하고 비생산적이며 크나큰 걸림돌이 되었는가를 가장 잘 증명해주고 있다고 할 수가 있다. 부처는 그의 아들인 라훌라를 악마라고 부르며 입산출가를 했고, 장 자크 루소는 그의 자식들을 모조리 고아원에 맡겨버렸다. 폴 고갱은 더없이 냉정하게 처자식을 버리고 화가의 길을 걸어갔고, 프리드리히 니체는 그토록 외롭고 고독하게 살면서 끝끝내는 매독에 걸려 죽었다. 고귀하고 위대한 인간의 공식은 만인들의 반대방향에서 결혼을 하지 않고 자기 자신의 길을 걸어가는 것이고, 그 모든 윤리와 가치와 풍습의 미덕, 즉, 그 모든 걸림돌을 제거하는 데 있는 것이라고 할 수가 있다.

공광규 시인의 「걸림돌」은 '걸림돌'에 대한 역사 철학적인 인식의 깊이를 보여주는 수작이며, 만인들의 반대방향에서 걸림돌의 가치를 증명하고 미화한 시라고 할 수가 있다. 걸림돌은 지옥이 되고, 걸림돌은 장애가 된다. 걸림돌은 원수가 되고, 걸림돌은 애인이 되고, 걸림돌은 처자식이 된다. 잘 아는 스님에게는 행자(제자) 하나 두는 것이 지옥이 되고, 불교의 창시자에게는 그의 아들 라훌라가 악마가 된다. 어머니에게는 자식이 원수가 되고, 자유인을 꿈꾸는 후배에게는 처자식이 걸림돌이 된다.

하지만, 그러나 큰스님, 부처, 어머니, 바람둥이, 덜 돼먹은 후배 등은 '걸림돌'의 역사 철학적인 의미를 제대로 이해하지 못하는 어중이 떠중이들에 지나지 않았던 것이다. 왜냐하면 "걸림돌이 없다면 인생의 안주도 추억도 빈약하고" 시인인 나 역시도 "이미 저 아래로 떠내려가고 말았을 것"이기 때문이다. 지옥이 없다면 어떻게 천국이 존재할 수 있겠으며, 장애가 없다면 어떻게 성공이 있을 수 있겠는가? 애인이 없다면 어떻게 아내가 소중할 수가 있겠으며, 처자식이 없다면 어떻게 종의 건강과 이 세상의 삶이 가능하겠는가? 입산출가한 수도승이 없다면 어떻게 이 세상의 삶이 정화되겠으며, 이 세상의 어중이 떠중이들이 없다면 어떻게 입산출가한 수도승의 철학이 가능하겠는가?

공광규 시인의「걸림돌」은 어떤 길, 어떤 과정마다의 일시적이고 잠정적인 '걸림돌'에 대한 통속적인 가치관을 비판하며, 전체적이고 종합적인 판단으로 '걸림돌의 생산성'과 역사 철학적인 의미를 부여한 시라고 할 수가 있다. 요컨대 걸림돌이 있기 때문에 천길 벼랑끝의 폭포가 존재하는 것이고, 또한 걸림돌이 있기 때문에, 더없이 아름답고 풍요로운 '인생이라는 예술의 드라마'가 펼쳐지고 있는 것이다.

성과 속은 하나이며, 걸림돌은 징검다리이고, 우리 인간들의 삶의 디딤돌이다.

모든 예술은 걸림돌 위에 기초해 있으며, 이 걸림돌이 없다면 우리 인간들의 삶은 끝장이 난다.

채만희

하회탈

유모차가
엉금
엉금
배밀이로 골목을
기어서
간다

가다가 꼬부랑을 부려놓고
펴지지도 않는 꼬부랑을 억지로 펴며
후유 한숨을
쉰다

죽음의 힘으로 엉금엉금 기어가는
이 절묘한 느낌은 뭐지

부려놓았던 호흡을 거둬서

엉금

엉금

배밀이로 골목을

기어서

간다

인류의 역사상 가장 무서운 질병은 암도 아니고, 세계적인 대유행병 코로나19도 아니며, 그 무엇보다도 '고령화'라는 질병일 것이다. 고령화는 '만물의 영장'이라는 인간이 그 지혜를 이용하여 자연의 질서에 대한 만행이며, 그 결과, 오늘날의 지구촌은 이상기온과 코로나19라는 세계적인 전염병을 초래하게 되었던 것이다.

　오래 산다는 것은 참으로 무서운 질병이며, 더 이상의 삶의 의미와 모든 건강을 다 잃어버리고도 산송장과도 같은 삶을 살아야 한다는 것이다. 채만희 시인의 「하회탈」은 고령화 현상을 풍자와 해학으로 희화화한 시이며, "죽음의 힘으로 엉금엉금 기어가는/ 이 절묘한 느낌은 뭐지"라는 시구에서처럼, 이상야릇한 감정을 토로해 놓고 있는 시라고 할 수가 있다. 이상야릇한 감정은 엉금엉금 배밀이로 기어가는 할머니에 대

안타까운 마음일 수도 있고, '인간'에서 '벌레'로 퇴화해가는 현상, 즉, 오래 산다는 것에 대한 노여움과 슬픔일 수도 있다.

오래 산다는 것은 남의 일이 아니며, 시인 자신의 일일 수도 있지만, 그러나 그것은 두 번 다시 보고 싶지 않은 더럽고 추한 일일 수도 있다. "유모차가/ 엉금/ 엉금/ 배밀이로 골목을/ 기어서/ 간다", "가다가 꼬부랑을 부려놓고/ 펴지지도 않는 꼬부랑을 억지로 펴며/ 후유 한숨을/ 쉰다," "죽음의 힘으로 엉금엉금 기어가는/ 이 절묘한 느낌은 뭐지," "부려놓았던 호흡을 거둬서/ 엉금/ 엉금/ 배밀이로 골목을/ 기어서/ 간다." 아무튼 오래 산다는 것은 '고령화라는 질병'이며, '인간'에서 '벌레'로 퇴화해 가는 과정이다.

하지만, 그러나, 인간에서 벌레로 퇴화해 가는 과정에서 이 세상의 자연의 질서를 거스르며, 모든 천연자원을 다 소진시킨다. 만년 설산과 만년 빙하가 다 녹아버리고, 엘리뇨와 라니냐, 즉, 이상기온 현상으로 지구의 종말을 앞당긴다.

고령화는 모든 질병들 중에서 가장 악질적인 질병이며, 시한폭탄이고, 그 어떤 원자폭탄보다도 더 파괴력이 크다.

만인들이 아쉬워하고, 만인들이 명복을 빌어주는 죽음, 죽음이 아름다워야 그의 삶이 아름다운 것이다.

죽는 법을 배우는 것은 사는 법을 배우는 것이다.

오오, 「하회탈」이여!

그대는 꼭 그렇게라도 살아야 하겠는가?

빨리 죽는 것은 애국하는 것이고, 자식들을 다 효자로 만들고, 지구촌을 더욱더 푸르게 하는 것이다.

한국정부여, 세계 최초로 인간 70, 인간수명제를 실시하라!!

한현수
목청꾼

귓속에 밀납을 숨겨둔 것처럼
꿀벌의 날갯소리를 들어야 한다고
귀에서부터 꿀을 모아야 꿀을 딴다고

햇빛의 당도를 눈으로 맛보고
꽃잎 스치는 바람의 길을 생각하고
노을이 단물 들 때까지

기다리라고

누군가에게 죽음을 안겨주는 시간
치타의 눈처럼 치켜든
달 아래

가난한 별들이 내려와 나무에게 귀를 내줄 때

나무의 침묵으로 숙성하는 저들의 언어를

딴다고

목청이란 꿀벌이 나무에다가 집을 짓고 생산해낸 자연산 꿀을 말하며, 설탕처럼 비타민이나 칼슘을 잃는 일 없이 즉시 흡수되는 이상적인 영양의 근원이라고 한다. 목청은 조혈, 강장, 이뇨, 혈압을 내리고 충치를 막는 것은 물론, 소화불량, 위장병, 허약체질, 천식, 알레르기성 비염 등에 효과가 있으며, 그 효용성과 희귀성 때문에 그 값이 엄청나게 비싸다고 할 수가 있다. 목청꾼에게 목청이란 '보물 중의 보물'이며, 하늘이 내린 선물과도 같다고 할 수가 있다.

목청은 꿈이 되고, 꿈은 종교가 되고, 종교는 예술이된다. 꿈은 자기 자신에게 가장 소중한 것이며 삶의 근본목표가 되고, 이 꿈은 자기 자신을 구원할 수 있는 신앙이 되고, 이 신앙은 전체 인류를 구원할 수 있는 예술이 된다. 시란 전체 인류를 구원할 수 있는 복음의 말씀이 되지 않으면 안 되고, 시인이란 자기 자신의 것인적인 꿈을 전체 인류의 꿈으로 승화시키며, 이 꿈을 위해 자기 자신의 열정을 불태우는 언어의 사제가 되지 않으면 안 된다.

시인이 단어 하나, 토씨 하나에도 자기 자신의 열정을 불태우며 구원의 말씀을 들어야 하듯이, 한현수 시인의 「목청꾼」 역시도 "귓속에 밀납을 숨겨둔 것처럼/ 꿀벌의 날갯소리를" 듣지 않으면 안 되고, 자기 자신이 꿀벌이 되어 "귀에서부터 꿀을" 모으지 않으면 안 된다. 목청꾼은 꿀벌이고 시인이며, "햇빛의 당도를 눈으로 맛보고/ 꽃잎 스치는 바람의 길을 생각하고/ 노을이 단물 들 때까지" 기다리지 않으면 안 된다. 기다림은 목이 마르고 애간장이 타는 고통이며, 이 고통을 참고 견디는 것 자체가 입산속리의 수행이며, 자기 자신의 꿈에 대한 열정이 없으면 가능하지가 않은 것이다.

귓속에 밀납을 숨겨둔 것처럼 꿀벌의 날갯소리를 들어야만 하는 목청꾼, 귀에서부터 꿀을 모아야 꿀을 따고 햇빛의 당도를 눈으로 맛보아야만 하는 목청꾼, 꽃잎 스치는 바람의 길을 생각하고 노을이 단물 들 때까지 끊임없이 기다려야만 하는 목청꾼, "누군가(꿀벌들)에게 죽음을 안겨주는 시간/ 치타의 눈처럼 치켜든/ 달

아래// 가난한 별들이 내려와 나무에게 귀를 내줄 때/ 나무의 침묵으로 숙성하는 저들의 언어를" 딸 수 있는 목청꾼―. 목청꾼은 한현수 시인의 또다른 분신이며, 언어의 사제이고, 그의 일상생활은 군더더기가 하나도 없는 예술작품과도 같다. 청빈, 겸손, 정숙이라는 금욕주의의 향내가 피어오르고, 이 세상의 삶에 대한 무한한 기쁨과 찬양의 말씀이 너무나도 엄숙하고 경건하게 울려 퍼진다.

그렇다. 어느 누구나 목청꾼이 되고, 보물 중의 보물인 목청을 딸 수 있는 것이 아니다.

목청은 아주 귀하고 소중하지만, 이 목청의 효능 앞에서는 만인이 평등하다.

유홍준

손

사람이 만지면
새는 그 알을 품지 않는다

　내 사는 집 뒤란 화살나무에 지은 새집 속 새알 만져
보고 알았다 남의 여자 탐하는 것보다 더 큰 부정이 있
다는 거, 그걸 알았다

더 이상 어미가 품지 않아
썩어가는
알이여

강에서 잡은 물고기들도 그랬다

내 손이 닿으면 뜨거워
부정이 타
비실비실 죽어갔다 허옇게 배를 까뒤집고 부패해갔ㄷ

문화선진국의 역사는 '부패와의 전쟁의 역사'라고 할 수가 있다. 거짓말을 하고 진실을 은폐하는 것, 사기를 치고 타인의 재산을 가로채 가는 것, 공공의 업무와 그 권한을 빙자하여 공금을 횡령하거나 뇌물을 받는 것, 특정집단의 이익을 위하여 어느 집단을 음해하거나 비방하는 것, 직장이나 조합의 구성원들이 그 단체의 이익을 훼손하는 것, 쓰레기를 함부로 버리거나 음주운전을 하는 것, 타인의 글을 베끼거나 저작권을 침해하는 것, 돈 많이 드는 선거를 통해 국회의원이 되고 사사건건 이권에 개입하여 부를 축적하는 것 등의 온갖 부정부패를 그 원인부터 근절하는 것이 문화선진국의 가장 중요한 과업이었던 것이다. 적은 법률과 적은 규제로 국민들의 자유를 최대한으로 보장하되, 그 법률과 규제를 어기면 일벌백계로 다스리지 않으면 안 되었던 것이다. 모든 학문과 예술과 정치와 경제와 문화는 도덕에 기초해 있으며, 자기 자신만의 도척철학을 가지고 있지 않은 민족이나 국가는 이민족의 지배를 받게 되어 있는 것이다. 어느 강대국이 이웃국가를 침략하면 제일 먼저 정복자의 언어로 정복자의 도덕과 법률을 강요하고, 정복당한 국가와 민족은 자기 자신들의 도덕과 법률을 버리고 정복자의 도덕과 법률을 준수하지 않으면 안 된다. 도덕철학이 가장 우수한 국가는 전 인류의 스승의 지도 아래 대제국을 건설할 수가 있지만, 도덕철학이 아주 저질이거나 천박한 민족은 우리 한국인들처럼 이민족의 압제에서 벗어날 수가 없다.

어느 국가, 어느 민족, 또는 모든 種류들은 그들만의 도덕과 전통을 지니고 있으며, 그것은 자기 자신의 영혼과 육체의 신경과 핏줄과 감각을 이루고 있다고 할 수가 있다. 자기 자신의 도덕과 전통이 외부로부터 침해의 위협을 당하면 극도로 예민해지고, 심지어는 쥐가 고양이를 물어뜯는 식의 발작을 일으킬 수도 있다. "사람이 만지면/ 새는 그 알을 품지" 않는 것과도 같은 것이다. 어느 민족이 자기 자신들의 도덕과 전통을 유린당한다는 것은 "남의 여자 탐하는 것"과도 같은 단순한 부정이 아니라, 그 민족의 죽음을 뜻한다. 단

할아버지가, 태조왕건대왕이, 세종대왕이 우리 한국인들을 더 이상 자손으로 여기지 않는 것처럼, 이민족의 지배를 받으면 그 조상들은 더 이상 그 후손들을 돌보지 않는다.

도덕과 전통은 모든 종족, 모든 동물과 식물들에게도 절대불변의 법칙이며, 그것은 유흥준 시인이 지적하고 있는 것처럼, "강에서 잡은 물고기들"에게도 적용된다. 타민족, 타종족의 손이 닿으면 "부정이 타/ 비실비실 죽어"갔거나, "허옇게 배를 까뒤집고" 수많은 예배당의 한국인들처럼 부패해 갔던 것이다.

우리 한국인들에게 가장 부족한 것은 앎(지혜)의 은총을 전혀 받지 못했다는 점이다. 앎의 은총을 받지 못했기 때문에 국가의 목표와 그 목표를 추구할 수 있는 수많은 정책들을 개발하지 못했던 것이다.

전인류의 스승들의 역사 철학적인 탄생의 배경과 그 사업을 전혀 이해하지 못하고, 오직 동물적인 권력투쟁으로 자기 자신의 이익을 위하고 전체의 이익을 훼손한다. 외부의 침략자이자 남북분단의 원흉인 미국에 한국인들의 운명을 맡겨두고, 자기 고향 땅과 부모형제도 만나지 못하는 굴욕을 당연시 하며, 오직 자나 깨나 사색당쟁과 부정부패로 일관한다.

남북통일 문제마저도 미국의 방산업체로부터 천문학적인 뇌물수수가 첫 번째이고, 미국의 방산업체의 이익과 미국의 이익이 두 번째이고, 그리고 끊임없이 남과 북이 군사적 대치로 피투성이 골육상쟁을 벌여야 한다. 매년, 해마다 천문학적인 무기수입을 하면서도 수입선을 다변화하거나 구매의사결정권을 행사하기는 커녕, 오직 수출업자의 명령에만 따르는 더럽고 추하고 굴욕적인 행태만을 되풀이 연출해놓고 있는 것이다.

독일의 경우처럼 앎의 은총을 입은 민족이라면 벌써 50여 년 전에 남북통일을 이룩하고 전세계의 강대국으로 떠올랐어야 할 대한민국이 천년, 만년 가도 남북통일을 이룩할 수가 없게 되어 있는 것이다.

아아, 언제, 어느 때나 나와도 같은 낙천주의 사상가가 그 뜻을 얻고, 민족시조인 단군과 광개토대왕과 세종대왕의 총애를 받으며, 예수와 미군을 몰아내고 영원한 제국을 건설할 것이란 말인가?

학문에서의 승리가 경제의 승리가 되고, 경제에서의 승리가 전쟁에서의 승리가 된다. 싸우지 않고 이기는 최고급의 전략은 학문에서의 승리일 수밖에 없다.

이향아

캔버스에 세우는 나라

어제는 들을 데려왔으니 오늘은 산을 모셔올까 봐 냇물이 흐르는 캔버스에 무성한 나무들, 나무처럼 자라는 나라를 세우고 싶네

그린다는 것은 사무친다는 것, 그린다는 것은 빠져서 잠긴다는 것, 혼을 뽑아 그것으로 바꾼다는 것, 날마다 지나는 거리, 좁은 골목에 절을 하면서 그리운 사람들의 이름을 부르네

남아 있는 목숨의 소중한 하루하루, 그윽하게 가라앉힌 작은 텃밭에, 지갑을 열어 비상금을 세듯, 일곱 가지 햇살을 붓에 적시네

그린다는 것은, 살고 싶은 나라 하나 세우는 일, 죽어서 묻힐 나라 세우는 일, 반역으로 혁명을 일으키지 않고, 숨어서 몰래 모반하지도 망명도 하지 않고, 원하던 나라 하나 비밀처럼 세우는 일,

그린다는 것은 바람에 스치는 향기를 모아 영토를 돋우는 일, 빛과 그늘 사이 퍼지는 색깔, 그 색깔을 모아 궁전을 짓는 일, 서툰 목수처럼 지었다 헐고 헐었다가 다시 짓네

모든 생명체들은 생물학적으로나 화학적으로 우주 공동체의 한 가족이며, 이 생명체들 중 어느 하나의 소멸은 종의 건강과 종의 균형의 파괴로 이어지게 된다. 상호존중과 상호협력의 공생관계가 가장 중요하며, 이 것은 인간과 인간의 사회에서도 마찬가지라고 할 수가 있다. 인간의 사회에 있어서 최선의 단체는 국가이며, 이 국가보다 더 뛰어난 조직이나 단체는 인류의 역사상 존재한 적이 없었다.

국가와 국가 사이에서도 상호간의 영토 싸움이 벌어지고, 이 영토싸움을 통해서 강대국과 약소국이 결정되지만, 작은 국가 내에서도 출신계급과 사회적 지위에 따라서 사생결단식의 싸움이 벌어진다. '투쟁은 만물의 아버지'라는 말도 있지만, 과연 어떻게 하면 개인과 개인들, 조직과 조직들 간의 싸움을 최소화시키며 국가를 건설할 수 있는가가 가장 중요한 문제이며, 이

것이 플라톤의 이상국가로 나타났던 것이다. 플라톤의 이상국가에서 파생된 것이 토마스 모아의 유토피아이고, 마르크스의 공산국가라고 할 수가 있다. 따라서 개인과 개인들과의 싸움, 단체와 단체들 간의 싸움, 종교와 종교들 간의 싸움을 상호존중과 상호협력의 관계로 승화시키며, 궁극적으로는 어느 누구 하나 패배자나 낙오자로 탈락시키지 않겠다는 것이 현대 민주주의의 이념이라고 할 수가 있다.

이향아 시인의 『캔버스에 세우는 나라』는 그의 이상 국가이며, 그의 꿈과 소망이 만인들의 심금을 울리고 하늘을 감동시키는 나라라고 할 수가 있다. "어제는 들을 데려왔으니 오늘은 산을 모셔올까 봐 냇물이 흐르는 캔버스에 무성한 나무들, 나무처럼 자라는 나라를 세우고 싶네"라는 제1연의 시구는 마치 천지창조에서처럼, 산과 들과 강과 나무가 자라나는 영토를 규정하고, 이 영토는 비록, 캔버스 위의 영토이기는 하지만 그가 그처럼 오랫동안 꿈꾸고 소망하며 기획해왔던 국가라는 것을 뜻한다. 그린다는 것은 사무친다는 것이고, 사무친다는 것은 혼을 뽑아서 그린다는 것이다. 날이면 날마다 지나는 거리를 그리고, 그 좁은 골목길을

절하며 그리운 사람들의 이름을 부르며 그리고, 남아 있는 목숨의 소중한 하루하루를 그린다.

　시와 예술의 가치평가의 기준은 지식도 아니고, 기교도 아니다. 최고급의 지식도 공허한 관념의 체조일 수도 있고, 그토록 아름답고 뛰어난 기교도 전혀 어울리지 않는 기교일 수도 있다. 시와 예술의 가치평가의 기준은 예술가의 정신이며, 이 예술가의 정신은 그가 온몸으로, 온몸으로 '혼을 뽑아서' 시를 썼다는 것을 뜻한다. 온몸으로, 온몸으로의 정신이 지식과 기교와 결합될 때, 그의 이상국가, 즉, 『캔버스에 세우는 나라』는 완성될 수가 있는 것이다.

　그린다는 것은 살고 싶은 나라 하나 세우는 일이고, 그린다는 것은 죽어서 묻힐 나라 하나 세우는 일이다. 반역으로 혁명을 일으키지 않는 나라, 숨어서 몰래 모반하지도 않고 어느 누구 하나 죄를 짓고 망명을 하지 않는 나라, 모두가 다같이 자유와 평등과 사랑을 노래하며 행복하게 살 수 있는 그런 나라는, 그러나, 인류의 역사상, 아직까지도 존재한 적이 없었기 때문에, 어느 누구도 모르게, 쥐도 새도 모르게 세울 수밖에 없을 것이다.

시인은 예술가 중의 예술가이며, 영원한 천지창조주이다. 오늘도, 지금 이 순간에도 바람에 스치는 향기를 모아 영토를 돋구고, 빛과 그늘 사이에 퍼지는 색깔을 모아 궁전을 짓는다. 지갑을 열어 비상금을 세듯, 일곱 가지 무지개 햇살을 붓에 적시고, 서툰 목수처럼 지었다 헐고 헐었다가 다시 짓는다. 반역으로 혁명을 일으키지 않는 나라, 숨어서 몰래 모반하지도 않고 어느 누구 하나 죄를 짓고 망명을 하지 않는 나라, 모두가 다같이 자유와 평등과 사랑을 노래하며 행복하게 살 수 있는 그런 이상국가를 세우기 위해서는 자기자신의 모든 열정을 다 불태우며, 만인들과 밤하늘의 별들과 우주공동체의 모든 구성원들을 감동시키지 않으면 안 된다.

소크라테스는 그의 이상국가를 위해서 한 사발의 독배를 마시고 죽어갔고, 플라톤은 시라쿠사에서 세 번씩이나 투옥되는 고통을 겪었고, 토마스 모아는 영국왕 헨리8세에 의하여 사형을 당하고 말았다.

이향아 시인의 『캔버스에 세우는 나라』는 그의 이상국가이며, 그의 이상국가에는 그의 혼이 살아서 숨쉰다.

'나는 신성모독을 범한다. 고로 존재한다.' '세계는 나의 범죄의 표상이다, 고로 행복하다.' 이것은 나의 낙천주의 사상의 두 개의 명제이다. 전자는 나의 존재론이고, 후자는 나의 행복론이다.

죄를 짓고 죄악을 정당화할 수 있는 신성모독자만이 전인류의 이상국가를 창조할 수 있다.

유채은
야간 학교

야간 수업에 쫓기듯
하나 둘 다투어 등교한 별들

피로한 눈을 부비며
제 자리를 찾고 있다

일찍 나온 보름달 선생님
해맑게 웃으며 맞아준다

소크라테스라는 별, 아리스토텔레스라는 별, 데카르트라는 별, 칸트라는 별, 마르크스라는 별, 공자라는 별, 맹자라는 별, 노자라는 별, 장자라는 별, 호머라는 별, 이태백이라는 별, 셰익스피어라는 별, 소월이라는 별 등, 우리는 흔히 전인류의 스승들을 별이라고 부른다.

전인류의 스승들은 밤하늘의 별과도 같은 성자들이며, 우리 인간들은 그 스승들의 지혜의 열매를 먹으면서 살아간다. 음식물이 육체의 동체성을 보존해주는 것이라면 지혜는 우리 인간들의 정신의 동체성을 보존해주는 것이라고 할 수가 있다. 정신은 육체를 지휘하고 이끌며, 궁극적으로 정신은 육체가 존재하는 근거라고 할 수가 있다. 정신 없는 육체는 나무토막과도 같고, 육체 없는 정신은 그 어떤 일도 하지 못하지만, 그러나 정신이 있기 때문에 전인류의 스승이 될 수가 있는 것이다.

전인류의 스승이란 앎의 투쟁에서 승리한 천하무적의 장군을 말하며, 이 천하무적의 장군들만이 그 어떠한 외부의 적과 장애물들을 다 돌파하고 이 세상의 삶을 옹호하고 찬양할 수가 있다. 전인류의 스승들이란 모든 인간들을 먹여 살리는 성자들이며, 따라서 우리 인간들은 태어날 때부터 공부하기를 원한다. 이 세계는 누가 지배하고, 이 세계의 인간들은 어느 누가 먹여 살리고 있는가? 많이 아는 자, 즉, 그의 두뇌에서 '지혜라는 열매들'이 끊임없이 솟아나오는 자들이 이 세계를 지배하고 우리 인간들을 먹여 살리고 있는 것이다.

유채은 시인의 「야간 학교」라는 별들은 낮에는 산업 현장에서 일하고, 밤에는 공부하러 온 어린 청소년들을 말한다. "야간 수업에 쫓기듯/ 하나 둘 다투어 등교한 별들"은 "피로한 눈을 부비며/ 제 자리를 찾고" 있는 어린 청소년들이며, 그 어렵고 힘든 삶을 살고 있는 어린 제자들을 무한히 위로하고 용기를 북돋아 주듯이, "일찍 나온 보름달 선생님"이 "해맑게 웃으며 맞아준다."

유채은 시인의 「야간 학교」는 그 동시적인 분위기

통해 더없이 따뜻하고 사랑스러운 공간을 마련해 놓고 있는 시이며, 전인류의 스승이라는 목표를 위해 주경야독晝耕夜讀으로 공부를 하는 어린 청소년들에게 무한한 성원을 보내고 있는 시라고 할 수가 있다. 야간 수업에 쫓기듯 하나 둘 다투어 등교한 별들, 그 피곤하고 지친 어린 별들을 일찍 나온 보름달 선생님이 해맑게 웃으며 맞아준다는 발상은 이 세계가 모두 야간 학교라는 인식을 가져다가 준다. 야간 학교는 우주 학교이며, 수많은 별들은 우주 학교의 어린 청소년들이며, 보름달은 그 어린 학생들을 이상낙원으로 인도해주는 전인류의 스승인 것이다.

유채은 시인은 그의 앎을 통해 「야간 학교」를 창시하고, 이 세상에서 가장 행복한 이상낙원을 건설해낸 것이다.

유채은 시인은 시인 중의 시인이며, 영원한 야간 학교의 보름달 선생님이다.

최승자
악순환

근본적으로 세계는 나에겐 공포였다.
나는 독 안에 든 쥐였고,
독 안에 든 쥐라고 생각하는 쥐였고,
그래서 그 공포가 나를 잡아먹기 전에
지레 질려 먼저 앙앙대고 위협하는 쥐였다.
어쩌면 그 때문에 세계가 나를
잡아먹지 않을는지도 모른다는 기대에서……

오 한 쥐의 꼬리를 문 쥐의 꼬리를 문 쥐의 꼬리를
문 쥐의 꼬리를 문 쥐의 꼬리를 문 쥐의 꼬리를……

공포란 두렵고 무서운 것이며, 두렵고 무섭다는 것은 그의 삶이 장애를 만났다는 것을 뜻한다. 시냇물이 자그만 돌이나 여울을 만날 때에는 매우 가볍고 경쾌하게 흐를 수도 있지만, 그러나 더없이 커다란 강물이 천길의 낭떠러지를 만났을 때는 이과수나 빅토리아, 또는 나이아가라 폭포처럼 그 엄청난 고통을 토해낸다. 천길의 낭떠러지는 물의 죽음이며 공포 자체이지만, 그러나 제3의 방관자인 우리 인간들은 그 물의 죽음과 공포 자체를 더없이 즐겁고 유쾌한 구경거리로서 바라보게 된다. 타인들의 죽음과 공포는 아름답고 멋지며, 그것은 하나의 놀이이자 축제이며, 더없이 크나큰 부를 축적할 수 있는 관광상품이 된다. 자본은 천 개의 칼과 다리를 지닌 괴물이며, 그의 눈과 손길이 닿으면 그 모든 것이 상품이 된다.

최승자 시인의 「악순환」은 이과수와 빅토리아, 또는

나이아가라 폭포와도 같은 공포 자체이며, 그것은 그의 삶이 장애를 만났다는 것을 뜻한다. 이 세상은 고양이의 세상이 되었고, 최승자 시인은 독 안에 든 쥐가 되었다. 고양이의 감시의 눈초리는 사시사철, 밤과 낮으로 작동을 하고 있었고, 피비린내가 잔뜩 묻어 있는 고양이의 울음 소리는 천지개벽의 굉음 소리처럼 들려오고 있었다. 앞도 벽이고, 뒤도 벽이다. 옆도 벽이고, 그 옆도 벽이다. 부잣집의 담을 넘어가거나 백화점의 물건을 훔치지 말라는 것도 공포였고, 아버지와 오빠와 남동생과 연애를 하지 말라는 것도 공포였다. 대통령과 사장과 어른들에게 절대적으로 복종하라는 것도 공포였고, 언니와 여동생, 또는 타인들을 음해하거나 시기하지 말라는 것도 공포였다. 공포, 즉, 두려움과 무서움이 삶의 욕망을 더욱더 끔찍하게 짓누르고 있었고, 오직 살고 싶다는 욕망만이 지레 겁을 먹고 앙앙대고 위협하는 쥐가 되었다.

막다른 골목에 몰린 쥐가 고양이를 물어뜯고, 이 쥐의 독기가 최승자 시인의 「악순환」의 시적 원동력이 된 것이다. "쥐의 꼬리를 문 쥐의 꼬리를 문 쥐의 꼬리를 문 쥐의 꼬리를 문" 시인의 삶의 욕망과 죽음에 대한 공포가 언어의 폭포가 된 것이다. 시는 삶의 욕망과 죽음에 대한 공포로 이루어진 언어의 대폭포라고 할 수가 있다.

최승자 시인의 「악순환」의 언어는 오늘도, 지금 이 순간에도 고양이를 물어뜯으며 부들부들 떨고 있지만, 우리들은 모두가 다같이 이 「악순환」의 '언어의 폭포'를 손에 땀을 쥐고 관람하는 관광객일 뿐이었던 것이다.

홍명희
순위의 재구성

말할 것도 없이
당신이 1순위입니다
아니, 당신은 0순위입니다

태초이었거나 신세계의 시작점이었을 당신의 가치
눈앞의 허들을 모조리 뛰어넘는 챔피언
어디서나 프리한 당신의 세계

이 세계에서 당신은 그 모든 것을 거머쥔
절대적 존재

0의 숫자 안에
당신은 모든 것을 가둘 수 있습니다

당신의 넘버에는 출구가 없습니다

당신이 애호하는 0 안에

당신이 옥죄인 초록빛 하늘과 푸른 숲

아이들의 향기로운 체취가

이름을 상실한 채 오늘도 갇혀있습니다

무한대로 깊어진 0의 감옥은 종일토록 나른합니다

숨쉬기를 포기한 포로들의 습성은 포화

이미 당신은 영원한 영순위입니다, 하지만

레드 썬

자, 이제 눈을 뜨세요

고대 그리스에서는 0의 개념을 무無로 받아들이고, 이 무는 신의 존재를 부정하는 신성모독적인 개념으로 배척되고 말았다고 한다. 이에 반하여, 인도에서는 기원전 300년부터 0의 개념을 언급한 사람들이 있었고, 서기 628년 수학자이자 천문학자인 브라마굽타가 그의 『브라마스푸타시단타』에서 최초로 '0'을 사용했다고 한다. 아라비아숫자에서 '0'의 발견은 언어의 혁명이자 현대과학의 혁명으로까지 이어지고 있다고 할 수가 있다. 0은 첫 번째로 아무 것도 없는 상태를 나타내고, 두 번째로 자리기호의 역할을 담당한다. 2020은 백의 자리와 일의 자리가 0이라는 것을 뜻하고, 마지막으로 0은 2+0=2, 2x0=0처럼 연산기능을 가지고 있다.

　인도에서 최초로 발견하고 사용한 0은 8세기경 아라비아로 전파되었고, 오늘날에는 0은 무한이나 미적분과 같은 새로운 개념과 함께, 역사철학, 또는 자연학의 중심개념의 역할을 하고 있다고 해도 과언이 아니다. 0은 무만이 아닌 무한의 개념으로 자리를 잡았고, 이 0과 1로 이루어진 수학적 개념이 없었다면 아인시타인의 상대성 이론이나 현대물리학의 발전은 물론, 오늘날의 컴퓨터나 스마트폰도 탄생하지 못했을 것이다.

홍명희 시인의 「순위의 재구성」은 0과 1로 이루어진 아라비아숫자에서, 그 첫 번째 순위인 0의 개념을 너무나도 자연스럽게 받아들이고, 0에 대한 역사철학적인 사유를 노래한 시라고 할 수가 있다. 0은 폭력적인 서열제도와의 싸움에서 기존의 제일 순위인 1을 물리친 절대 권위자이며, 그의 힘은 무한하다고 하지 않을 수가 없다. "말할 것도 없이" 당신은 제일 순위인 1을 물리친 0순위이고, "태초이었거나 신세계의 시작점이었을 당신의 가치/ 눈앞의 허들을 모조리 뛰어넘는 챔피언/ 어디서나 프리한 당신의 세계"에서라는 시구에서처럼 당신은 신적인 존재, 즉, 종족창시자가 되었다고 하지 않을 수가 없다. 0은 절대적인 존재이고 무한한 존재이며, 그는 그의 숫자 안에 모든 것을 가둘 수가 있다. 0은 최초보다 더 빠른 최초이고, 이 0 안에서 모든 것이 탄생하고, 모든 것이 그의 일생을 마친다. 초록빛 하늘과 푸른 숲도 펼쳐지고, 수많은 산새들과 산짐승들이 뛰어논다. 넓고 넓은 푸른 바다도 펼쳐지고, 수많은 물고기들과 해초들도 자라난다. 0은 최초의 아버지이자 어머니이며, 암수 하나인 전지전능한 존재라고 할 수가 있다.

하지만, 그러나 "당신의 넘버에는 출구가" 없고, "당신이 애호하는 0 안에/ 당신이 옥죄인 초록빛 하늘과 푸른 숲/ 아이들의 향기로운 체취가/ 이름을 상실한 채" 오늘도, 지금 이 순간에도 영원히 갇혀 있다. 이제 0은 첫 번째 아닌 꼴찌가 되고, 이제 0은 최초가 아닌 최후가 된다. 최초인 것, 절대적인 것, 무한한 것은 '0의 감옥'이며, 그 안에서는 "숨쉬기를 포기한 포로들"처럼 그 어떤 생명체도 살 수가 없다.

홍명희 시인의 「순위의 재구성」은 대단히 역사철학적인 깊이를 갖고 있는 시이며, 이것은 홍명희 시인의 앎(지혜)의 크기와 정비례한다. 무와 무한, 최초와 최후, 상대와 절대 등의 의미를 함축하고 있는 '0의 개념'을 분석하며, 무와 최후와 상대를 배제한 0의 개념은 만물의 터전이 아닌 '0의 감옥'이라는 최종적인 결을 내린 것이다. "레드 썬/ 자, 이제 눈을 뜨세요"라는 시구는 붉은 태양과도 같은 절대적 당신(0), 이제 제발 눈을 똑바로 보고 그 모든 사물들과 이 세상의 이치들을 제대로 바라보라는 정언명령이기도 한 것이다.

무가 없는 무한이나 상대가 없는 절대는 존재할 수 없는 것이고, 모든 순위는 상대적인 것이지, '0순위'만 있는 것이 아니다. 시인은 전인류의 아버지이자 스승이며, 그 모든 가치판단을 주재하는 심판관이라고 할 수가 있다. 홍명희 시인의 「순위의 재구성」은 홍명희 시인의 이름과 명예에 걸맞는 최고급의 인식의 제전과도 같은 시라고 할 수가 있다.

반경환은 1954년 충북 청주에서 태어났으며, 1988년 『한국문학』 신인상
과 1989년 《중앙일보》 신춘문예로 등단했다. 반경환의 저서로는 『시와 시
인』, 『행복의 깊이』 1, 2, 3, 4권, 『비판, 비판, 그리고 또 비판』 1, 2권,
『반경환 명시감상』 1, 2, 3, 4권, 『이 세상에서 가장 아름다운 명문장
들』 1, 2권, 『반경환 명구산책』 1, 2, 3권이 있고, 『반경환 명언집』 1, 2권,
『쇼펜하우어』, 『사상의 꽃들』 1, 2, 3, 4, 5, 6, 7, 8, 9, 10권 등이 있다.
이 『사상의 꽃들』은 '반경환 명시감상'으로 기획된 것이지만, 보다 새롭고
좀 더 쉽게 수많은 독자들에게 다가가기 위한 포켓북이라고 할 수가 있다.
사상은 시의 씨앗이고, 시는 사상의 꽃이다. 그는 시를 철학의 관점에서
이해하고, 철학을 예술(시)의 관점에서 이해한다. 그의 글쓰기의 목표는
시와 철학의 행복한 만남을 통해서, 문학비평을 예술의 차원으로 끌어올
리는 것이다. 따라서 반경환의 문학비평은 다만 문학비평이 아니라 철학
예술이라고 할 수가 있는 것이다.
시는 행복한 꿈의 한 양식이며, 낙천주의를 양식화시킨 것이다.

이메일 : bankhw@hanmail.net

사상의 꽃들 9
반경환 명시감상 13

초 판 1쇄 발행 2021년 5월 29일
지은이 반경환
펴낸이 반송림
펴낸곳 도서출판 지혜
편집디자인 김지호
주 소 34624 대전광역시 동구 태전로 57. 2층 (삼성동)
전 화 042-625-1140
팩 스 042-627-1140
전자우편 ejisarang@hanmail.net
애지카페 cafe.daum.net/ejiliterature

ISBN : 979-11-5728-442-9 02810
값 10,000원

저자와의 협의에 의해 인지를 생략합니다.
이 책의 판권은 지은이와 도서출판 지혜에 있습니다.
양측의 서면 동의 없는 무단 전제 및 복제를 금합니다.